LO OCULTO SALDRÁ A LA LUZ

por

SUSANA QUERO DE TOSINI

Quero de Tosini, Susana

Lo oculto saldrá a la luz. - 1a ed. - Córdoba : El Amanecer, 2012.

128 p. ; 20x14 cm.

ISBN 978-987-26930-3-9

1. Narrativa Argentina. 2. Novela. I. Título

CDD A863

Fecha de catalogación: 11/06/2012

Lo oculto saldrá a la luz
1ª edición

ISBN: 978-987- 26930-3-9
Hecho el depósito que marca la ley 11.723

Corrección y edición: *Luis Manoukian*
luismanoukian@gmail.com

Diseño interior y tapa: *Martín Vega*

Impreso por Grancharoff Impresores
Tapalqué 5868 - (C1440AET) Ciudad de Buenos Aires.
www.grancharoff.com

Impreso en Argentina – Printed in Argentina

Contenido

DEDICATORIA

A MIS QUERIDOS NIETOS:

Leandro, Ariadna (y su esposo Manuel)
Lisette (y Emanuel, su prometido),
Lucas, Renzo, Melanie, Matías, Jahdiel,
Michelle, Maresa, Lara, Santiago y Tomás.

Ellos se sentían muy celosos porque mi primer
libro se lo dediqué a mi esposo. El segundo a
mis hijos y no me iban a perdonar
si ahora no se los dedicaba a ellos.

Lo hago con mucho gusto porque los amo
con toda mi alma y les deseo lo mejor.
Habiendo sido, todos ellos,
de mucha bendición para mi vida.

RECONOCIMIENTOS A LA AUTORA

"Gracias por haber sido la persona que Dios puso en mi camino y quien me enseñó a conocerlo y amarlo. Siento que ha sido uno de sus propósitos para su vida. La quiero mucho y me gozo en sus éxitos".

Mariel (hija adoptiva)

"Para mí Susy es la inspiración para estudiar la Palabra y también para llegar a los que me rodean. Quiero llegar a ser como ella: una Biblia abierta".

Paola (alumna)

"Es un honor para mí tenerla como abuela y ver cómo obra Dios a través de su vida. Su ejemplo y enseñanzas han sido y son de gran bendición para muchas personas. Es una gran mujer y sierva de Dios".

Lisette (nieta)

"Mi madre es la persona más esforzada y valiente, que me supo guiar en EL MEJOR CAMINO".

Néstor (hijo mayor)

"Susy es una sierva fiel y temerosa en cumplir con el mandato divino".

Miryam (compañera de ministerio)

"Susy es una persona muy estudiosa. Dedicada a transmitir a otros sus conocimientos con amor. Es responsable y confiable".
Vilma (maestra de la Escuela Dominical)

"Susy es una persona que manifiesta la sabiduría adquirida de Dios, haciendo vivir a sus alumnos las enseñanzas bíblicas".
Darío (alumno)

"Susy, como la llamamos nosotros, es una mujer de sabiduría espiritual, con maravillosas experiencias de vida y con un ejemplo humano que anhelamos imitar".
Milton y Lucía (alumnos)

"Susy es una mujer del Señor y dedicada a Él. Con ella aprendí buenos consejos para la vida, ella me enseñó a estudiar la Biblia".
Mauricio (alumno)

"Susy es una mujer de Dios muy especial. Él la utiliza muchísimo para su obra. Está siempre dispuesta a guiar, aconsejar y enseñar su Palabra. Llena de cariño siempre a los que la rodean y, sin duda, es para todos un ejemplo de vida entregada a Dios".
Alicia (alumna)

"Susana es un gran ejemplo para el mundo cristiano: de entrega, sacrificio y superación personal. Sus enseñanzas acerca de la Palabra de Dios impactan los corazones de personas sedientas por conocer cada día más del Señor. Sus dinámicas y profundas enseñanzas son recibidas por miles de personas a lo largo y ancho del país".
Emanuel (prometido de su nieta)

"La autora de este libro, a quien nosotros llamamos "La tía Susy", siempre nos inspira a vivir en Cristo y nos permite ver, muy de cerca, el amor y la sabiduría de nuestro gran Dios. El amor que se trasluce en la vida de ella, por su entrega hacia los necesitados y su sabiduría, la usa el Señor para mostrarnos tantas maravillas de la Palabra de Dios. Alabamos al Señor por darnos en ella una vida de ejemplo y bendición para nosotros y muchos más".

Gabriel y Nati (sobrinos)

"Estudiosa incansable de Aquel a quien tanto ama, y de quien nos enseña todo el tiempo".

Roxana (nuera).

"A mi abuela la quiero y admiro mucho. Hemos tenido charlas de horas en las que me ha enseñado cosas impresionantes de la Palabra de Dios. Ha sido de gran ejemplo y bendición en mi vida".

Ariadna (nieta)

"Para mí es un ejemplo, a ella lo usó el Señor para incentivarme en el estudio de la Biblia. Una mujer sabia como muy pocas veces he visto. Y, al respecto, ha sido una de las personas fundamentales en mi adolescencia y juventud. Al día de hoy, sigue contribuyendo en mi crecimiento espiritual a través de sus estudios bíblicos y valiosas experiencias de vida".

Martín (ex alumno)

"Realmente me da mucho gozo poder opinar sobre la autora de este libro. Mi deseo es que Dios la siga utilizando para gloria y honra de su Nombre y su gracia se derrame cada día en su vida. Gracias, Susy, por tantas enseñanzas y dedicación para la obra de Dios. Que este libro sea de mucha bendición para llevar personas a los pies de Cristo".

Lucas (ex alumno e hijo adoptivo)

"Sin duda, Dios usó sus escritos anteriores para marcar vidas, y hoy, donde lo oculto es moneda corriente, sé que este libro tocará corazones para buscar la verdadera Luz. Deseo para Susy y para cada lector las palabras del Salmo 90:17: "Sea la luz de Jehová nuestro Dios sobre nosotros…"

Abel Hofkamp (anciano de la iglesia)

"Susy es una mujer dedicada a conocer al Señor y auxiliarnos en su búsqueda. ¡Que el Dios nuestro la bendiga!"

Carolina y Hernán (sobrinos)

"Susy es una persona muy generosa que ha dedicado su tiempo a enseñarnos con amor y paciencia. Le estamos muy agradecidas".

Sonia y Eva (compañeras de ministerio)

"Así como sus manos me ayudaron en mis primeros pasos, sus mimos espirituales me sostuvieron en todos los momentos de mi vida. Sé que su fortaleza está en el Señor y le agradezco por enseñármelo siempre. La "Bely" fue su ejemplo y ella es el mío, y el de mis hijos, para amar y servir al Señor en cada momento. La amo y le doy gracias por todo".

Nilce (hija)

"Una mujer que nos transmitió su amor por la Palabra de Dios y su sensibilidad por el prójimo. Nunca se rindió ante las dificultades de la vida, sino que luchó incansablemente para adelante".

Licia y Darío (hija y yerno)

"Susy me hizo enamorar de la Palabra de Dios, desafiándome a conocerla a otro nivel. Siempre tuvo una palabra fresca para mi vida de parte del Señor. Me ayudó a superarme, conociéndome. Es una mamá espiritual, un ejemplo de vida, enseñándonos el temor de Dios. Es la mejor amiga que Dios me regaló.

Jorge (alumno y colaborador)

PREFACIO

Este libro pretende hacer reflexionar a los padres sobre la tremenda influencia que tenemos en nuestros hijos y en la generación que, sin que nos demos cuenta, está siguiendo nuestros pasos, ya que somos sus referentes.

Cuando lideraba el grupo de jóvenes de la iglesia donde me congregaba, tuve la oportunidad de hablar con muchos de ellos, pero dos testimonios me impactaron y me hicieron reflexionar sobre la importancia de ser ejemplo. Uno me dijo: "Vos conocés a mi papá dando mensajes desde la plataforma, pero tendrías que saber lo que es en mi casa". Y el otro, me confesó algo similar, pero de su madre. Esto me hizo pensar muchísimo, porque ahora, ambos jóvenes están en el mundo y, lo peor de todo, no quieren ni escuchar del evangelio, desilusionados completamente por la falsedad que les tocó vivir en sus hogares.

Es triste ver ejemplos como estos, pero, peor aún fue el testimonio que escuché de una madre que pidió hablar conmigo a la salida de la presentación de mi segundo libro, en una iglesia de Córdoba. Ella me confesó, con lágrimas en sus ojos al principio, y luego llorando desconsoladamente, cómo había arruinado completamente la vida de su hija por aconsejarle casarse con un "buen partido". Ellas habían sido muy pobres y habían pasado muchas necesidades y, al saber que este joven pretendía a su hija, vio que podía pasar a vivir más cómodamente y le insistió tanto que le convenía casarse, que al final, su hija le hizo caso. Ahora, se había separado de su esposo, pero le reprochaba que no era ni soltera, ni casada, ni viuda. Esto la llevó a una gran depresión, comprobando que su vida estaba arruinada. Su madre sentía una culpa tremenda, pero ya no podía enmendar ese craso error. Ahora ella también era muy infeliz porque se sentía totalmente culpable de la infelicidad de su hija.

Estos ejemplos, y muchos otros que he escuchado en retiros o conferencias donde me ha tocado participar como oradora, me llevaron a escribir esta novela. En realidad es una historia real, pero como la protagonista no quiere que la identifiquen, le he cambiado algunas circunstancias y también he creado personajes adicionales, para presentarla como una novela.

Me da mucha pena comprobar la cantidad de padres que están viviendo una doble vida. Cuando están en la iglesia o los pueden ver algunos líderes o ancianos, aparentemente son "muy buenos creyentes", pero en la vida privada son totalmente distintos, sin tomar conciencia que lo que realmente importa no es lo que opinen los hombres, sino lo que el Señor sabe de cada uno de nosotros. En 2 Crónicas 16:9 dice: "Porque los ojos de Jehová contemplan toda la tierra, para mostrar su poder a favor de los que tienen corazón perfecto para con él".

Deseo de todo corazón que este libro sirva para hacer reflexionar a las personas adultas para que cuando miren hacia atrás puedan comprobar qué hermoso es ver que nuestra influencia, a pesar de los errores que hemos cometido, ha servido para que las vidas de nuestros descendientes sean auténticas y sin hipocresía.

Yo ya soy abuela (y quizá dentro de poco bisabuela si mi nieta casada tiene hijos), pero no puedo dejar de sentirme orgullosa de la familia que el Señor me ha dado. En este momento, todos siguen los caminos del Señor. Mis hijos varones están sirviendo en la iglesia donde se congregan, como pastores, ancianos o líderes de distintos grupos de jóvenes y adolescentes. Mis nietos (algunos ya en la universidad), también se encuentran trabajando en sus iglesias, lo mismo que mi hija adoptiva con su esposo.

También siento mucha satisfacción al ver que varios alumnos que pasaron por los estudios que doy en mi hogar, están liderando en los lugares donde el Señor los ha llevado, y algunos de ellos me confiesan que yo les hice desear estudiar más profundamente las Escrituras. Soy consciente que no ha sido tarea mía, sino del Señor, pero en su momento me tomaron como su referente aquí en la tierra. Esto que escribo no es para vanagloriarme porque estoy segura que si el Señor no hubiera hecho la obra, sería en vano lo que hubiera podido hacer de mi parte. Como dice el Salmo 127:1: "Si Jehová no edificare la casa, en vano trabajan los que la edifican". ¡Que toda la gloria sea para Él!

Estimado lector, mi ferviente deseo es que los testimonios relatados sirvan para que el Señor hable a su vida y le hagan reflexionar seriamente, sabiendo que la venida del Señor está más cerca que nunca, y tendremos que dar cuenta, en el Tribunal de Cristo, no tanto de las obras que hicimos, sino de la *intención del corazón* con que las hicimos. Que nuestro deseo sea siempre traer gloria a su Nombre e influenciar a nuestros descendientes para que ellos también hagan lo propio.

De todo corazón, vuestra sierva en el Señor:

Susana Quero de Tosini

CAPÍTULO 1

Sorpresa desagradable

Jeremías baja del colectivo. Es un joven alto, delgado, rubio, de ojos azules, con pómulos bien marcados; un típico descendiente de polacos. Ha llegado a La Cumbre, en las sierras de Córdoba, donde pasó gran parte de su infancia. Comienza a caminar y enseguida siente la agitación que producen las calles empinadas, típicas de esos lugares. La casa de su tía Sara queda al pie de un cerro, al final de la gran avenida que está recorriendo. El propósito de su venida es investigar qué está pasando con ella. Su prima Rut, que ha conseguido trabajo después de buscarlo por mucho tiempo, no se puede dar el lujo de faltar porque está en el mes de prueba. Él vive en Córdoba con su madre, en un departamento muy reducido de dos dormitorios, en un tercer piso, de un barrio no muy apartado del centro de la ciudad. Allí vive también Rut, ya que todavía al carecer de un trabajo estable, no tiene más remedio que vivir con ellos. Su prima está preocupada porque su madre no contesta el teléfono y aunque existe la posibilidad que lo hayan cortado por falta de pago, piensa que podría llamarla desde alguna cabina. Como

17

ella no puede faltar, le ha pedido a su primo que vaya a investigar lo que está sucediendo, con el temor de que el silencio de su madre se deba a alguna enfermedad. La preocupación de Rut es razonable por eso Jeremías se ofreció gustoso a viajar.

Mientras el joven camina, al ver una casita recién pintada en la vereda del otro lado de la avenida, con un jardín muy florido, se detiene y, sin quererlo, vuelve su memoria a la niñez. Cuántos gratos recuerdos de Ana, una amiga con la que jugaron juntos y recorrieron el pueblo en bicicleta. Siente la tentación de ir a golpear la puerta, pero pronto desiste por temor de que su amiga ya no viva allí. Sonríe al recordar que siempre decían que eran novios y que se casarían cuando crecieran. ¡Cuántas cosas ilógicas se piensa de niños! Suspira y reanuda el paso, moviendo la cabeza de un lugar a otro. El recuerdo de Ana le ha acelerado el ritmo del corazón, mucho más que las calles empinadas.

Llega hasta su destino y no puede creer lo que ven sus ojos: las rosas y dalias del jardín de sus tíos están totalmente tapadas por los yuyos. La verja está caída. La puertita tiene una sola bisagra y el pasador está totalmente oxidado… Casi no se ve el camino de piedras que lleva a la casa.

—Por favor, ¿qué es esto? —se horroriza y recuerda lo bien cuidado que estaba todo cuando su tío vivía o cuando Rut todavía estaba allí.

Salta sin dificultad la tranquera desvencijada y, abriéndose camino entre la maleza, llega hasta la puerta. Va a golpear, pero prefiere probar por si acaso estuviere abierta. El picaporte le brinda el paso sin problemas. Piensa desconfiando, *con qué se va a encontrar.*

–Tía Sara… tía Sara… –llama muy despacio, tratando de acostumbrar sus ojos a la oscuridad.

Como no da resultado, enciende una luz y se queda estupefacto: Hay polvo acumulado en los muebles que, según sus cálculos, debe estar allí hace meses. Pedazos de telas esparcidos en el piso, los sillones desvencijados y carreteles de hilo usados por todos lados. ¡Un desorden total!

¡Parece que hubiera pasado un huracán!, exclama horrorizado.

Se dirige hacia el dormitorio, tratando de no pisar nada desparramado en el piso. *¡Menos mal que no vino Rut!* –piensa preocupado– *Creo que no lo hubiera soportado.*

Al abrir la puerta del dormitorio, el olor nauseabundo que respira lo descompone. Duda un momento y poniéndose un pañuelo a manera de barbijo, entra al interior, encontrando un caos peor que en la sala de entrada. El olor que respira le produce comezón en la nariz y en los ojos. Parpadea varias veces y mira preocupado hacia la cama, esperando encontrarse con lo peor. Una pequeña protuberancia en las frazadas le indica que allí está su tía. Se acerca cautelosamente y al retirar la cobertura, lo que ve le hace salir corriendo a las arcadas. Vomita en el baño y seca la transpiración de su frente con lo que alguna vez fuera una toalla. Respira profundamente dos o tres veces y vuelve al dormitorio, justo para ver que su tía se mueve un poco, balbuceando:

–Ruuut… Ruuut…

Por lo menos todavía vive, piensa Jeremías aliviado. Se acerca tapándose con una mano la boca y la nariz:

–Soy yo, tía… Jeremías.

–Ruut… Ruuut… –insiste Sara balbuceando.

Jeremías se da cuenta que su tía está delirando. ¿Qué puede hacer? No quiere llamar a su prima porque la asustaría y sería peor.

Decidido, va hasta el baño y abre el grifo de la bañera. Nota que el piso se moja de inmediato. Piensa que seguramente tiene una pérdida. Espera que al menos se junte agua para lavarla, mientras se dirige al dormitorio. Hace un nuevo esfuerzo para no descomponerse y alza a su tía para lavarla. Se asusta al tocar su piel y sus huesos que sobresalen. (*¡Qué delgada está! ¡Por favor! Con lo gorda que era…*)

La sumerge en un poco de agua que se ha logrado juntar en la bañera y le despega muy despacio el camisón. Lava primero sus cabellos enmarañados y no puede seguir porque el agua adquirió ya un color muy oscuro. Abre la ducha y sosteniéndola como puede la va higienizando mientras escucha sus quejidos. Cuando la ve ya bastante presentable se da cuenta que no puede llevarla a la cama porque se ensuciaría de nuevo. Piensa un momento qué puede hacer y decide sacar una manta, de lo que en otro tiempo fuera un ropero. Revuelve la ropa hasta encontrar algo apropiado, la envuelve y la lleva en brazos hasta el hospital que se encuentra al final de la calle.

Después que la ha dejado al cuidado de los médicos, respira más aliviado. El diagnóstico no es muy alentador, pero con un buen cuidado, se recuperará.

Suena el celular:

—¿Cómo encontraste a mamá? —se oye la voz de Rut del otro lado.

—Está enferma… como calculaste —Jeremías no quiere asustar a su prima, pero a la vez no puede ocultarle su preocupación—. El médico dice que la llevarán en ambulancia a Córdoba, para internarla en algún hospital. Estoy aquí, esperando para ir con ella.

–Pero, ¿qué te dijeron que tiene? –pregunta Rut con la voz alterada.

–Está deshidratada y no sé qué más… Allá nos dirán qué debemos hacer –Jeremías no quiere dar más explicaciones.

Cuando Sara ya está instalada en un hospital de la capital, los jóvenes van todos los días a visitarla. De a poco se va recuperando.

–Ya nos empieza a reconocer –comenta un día la joven al salir de terapia intensiva con su primo. Rut es una muchacha de 20 años, no muy linda, pero alegre y simpática. Tiene cabello largo, castaño oscuro, todo lleno de rulos, que siempre lo recoge hacia atrás, dejando sólo un bucle que le cae sobre la cara. Sus ojos son del mismo color de su cabello, pero muy vivaces. Es muy delgada, pero de cuerpo bien formado.

Jeremías camina a su lado en silencio. No encuentra las palabras para contarle a su prima el estado en que encontró a su tía, ni el desastre que vio en su casa.

–¿Crees que se recuperará pronto? –pregunta Rut–. (Jeremías se encoge de hombros como respuesta.) ¿Qué te pasa que estás tan callado?

Su primo la mira y decide revelarle su preocupación.

–Mira… Rut… –la joven frunce la frente, esperando que continúe– tu casa es un verdadero caos. No te aconsejo que vayas por un tiempo.

–Pero, ¿por qué? –Jeremías le explica en pocas palabras algo de lo que vio y termina diciendo:

–Por el estado que estaba tía Sara en la cama, creo que

no se había levantado ni siquiera para ir al baño a hacer sus necesidades.

—¿Quieres decir que…? —Rut se tapa la boca asombrada mientras su primo asiente con la cabeza— ¡Pobre mamá! —razona en voz baja— ¡Pensar que la dejé tan bien cuando me vine! —duda un momento—. Quizá no tendría que haberla dejado, pero ¿cómo hacía para traerla si ya no teníamos un peso? —se justifica la joven—. Además, ¿dónde íbamos a vivir hasta que yo consiguiera trabajo?

Jeremías sigue caminando muy callado. Rut sigue meditando:

—Tu madre es buenísima, pero el departamento de ustedes es un dedal —dice la joven, refiriéndose al tamaño de la vivienda—. Si no me hubieras prestado tu cama…

El joven suelta una carcajada.

—Sí, pero yo duermo hecho un ocho en el sillón (ja, ja, ja).

—No digas eso que me pongo mal —Rut hace un puchero de gesto y su primo le pasa el brazo por el hombro.

—No te preocupes, con el cansancio que traigo después de caminar desde la universidad, me dormiría parado, sentado o de cualquier forma.

—Me quieres conformar porque eres muy bueno, pero no me dejo de preocupar.

—Si por lo menos no me hubieran robado la bicicleta —piensa Jeremías.

Sin darse cuenta han llegado hasta el edificio de departamentos donde viven con doña Ester.

—A ver quién llega primero —la desafía su primo, comenzando a subir las escaleras.

—No vale, me tienes que dar ventaja, soy mujer.

Jeremías se detiene, la toma de la mano y corre nuevamente, subiendo los escalones de dos en dos.

—Espera, que me vas a hacer caer —grita toda divertida su prima.

Así llegan a la puerta del departamento. Ester sale preocupada.

—¿Qué les pasa a ustedes? —pregunta. Pero al verlos riendo a carcajadas, los pellizca en la mejilla y entra con ellos también riendo—. Parecen dos chiquilines —comenta recordando su época de niñez, mientras se sienta en su máquina de coser.

Es una mujer que aparenta más edad de la que tiene. Su largo cabello, blanco por las canas, está recogido en un rodete cubierto por una redecilla negra. Tiene ojos oscuros, nariz aguileña, y su rostro surcado por arrugas que son evidencia del excesivo trabajo.

—¿Todavía estás con ese traje? —pregunta disgustado Jeremías.

—Lo vendrán a buscar esta noche —dice Ester, mirando el reloj—. Y ya casi son las ocho… —se coloca los anteojos para seguir con su tarea—. ¿Podrías ocuparte de la cena? —le pregunta a su sobrina.

—¡Oh, sí tía! No hay problema. ¿Qué comida tengo que hacer?

—Fíjate qué quedó de mediodía. No sé… Inventa algo, ¡pero abundante!, para este grandulón —señala a su hijo que sonríe con su vista en el libro que sigue estudiando sentado en el sillón.

CAPÍTULO 2

La necesidad de conseguir el trabajo

Luego de un tiempo Sara recibe el alta del médico, con la condición de que siga al pie de la letra las instrucciones que le dan por escrito. Jeremías y Rut la llevan al departamento donde Ester los está esperando. En el camino los dos jóvenes se ponen de acuerdo dónde la acomodarán, aunque para ellos esto será una gran incomodidad. Deciden que Rut duerma en el suelo, sobre una frazada, porque no disponen de ningún colchón extra, y usarán una toalla como almohada. Jeremías seguirá durmiendo en el sillón, para dejarle la cama, ya que su tía, con su salud tan quebrantada, la necesita más que él. Cuando llegan, le comunican a Ester lo que decidieron y ella acepta, no muy conforme, pero se da cuenta que no tiene otra opción.

A la mañana siguiente Rut se levanta muy temprano. No ha podido dormir en toda la noche. Se viste lo mejor que puede tratando de no hacer ruido para no despertar a los demás. Cuando se está preparando un té, aparece Jeremías en pijama, arrastrando los pies y bostezando.

–¿Qué haces levantada a esta hora? –pregunta desorientado, corriendo las cortinas de la ventana para comprobar que todavía no ha amanecido.

–Es que estoy muy nerviosa, no pegué los ojos anoche.

Su primo calcula que es por la incomodidad de tener que dormir en el suelo, de todas maneras la mira y le pregunta:

–¿Y eso a qué se debe?

–No recuerdas que te dije que hoy me confirman en el trabajo… o me echan –vuelve su vista a la cocina para comprobar que ya está hirviendo el agua– ¿Te imaginas si no me confirman? De vuelta a recorrer las calles, a mirar los avisos en los diarios… –medita por un momento– si al menos tuviera un título…

Jeremías comprende lo que le está pasando a su prima y la abraza consolándola:

–Eso no sucederá. Don Abraham es un hombre buenísimo, les ha dado trabajo a muchas chicas de la iglesia.

–Sí, ya lo sé, pero yo vengo de otro lado.

–Pero también eres creyente en el Señor, y eso es lo que importa.

Rut se deshace de los brazos de su primo y se dispone a tomar su té.

–¿Quieres una taza?

–Y… ya que me despertaste… es lo menos que puedes hacer –Jeremías trata de distraerla con alguna broma, mientras retira una silla y se deja caer en ella.

Al rato llega Rut, antes de la hora de apertura, a la tienda donde trabaja desde hace un mes. No se anima a golpear porque se imagina que todavía el sereno no ha desactivado las alarmas.

–Lo único que me faltaría –piensa para sí– que venga la policía.

Se pasea de uno a otro lado en la vereda. Llega un taxi de donde desciende una de sus compañeras.

–¿Qué haces tan temprano? Tu turno empieza dentro de una hora –comenta la joven.

–Sí, lo sé, pero… ¿sabes si ya estará don Abraham en su escritorio?

–Él no sé, pero Elías, seguro –Abigail la mira sin entender– ¿Te pasó algo malo?

–Dentro de un rato lo voy a saber –como su compañera sigue observándola sin entender, prosigue–. Es que hoy me confirman en el trabajo… o no.

–Ah, era eso –abre la puerta con sus llaves y la toma del brazo.

–¿Por qué tienes las llaves del negocio? –Abigail lanza una carcajada:

–Ja, ja, ¿te olvidas que soy la recepcionista? –empuja suavemente a Rut–. Anda al escritorio a esperar a don Abraham y no te preocupes, él nunca deja sin trabajo a sus hermanos en la fe.

Esas palabras tranquilizan un poco a Rut que se dirige al primer piso donde se encuentra la oficina del dueño de la tienda.

Cuando llega a la puerta, nota que sus manos están transpirando. Trata de tranquilizarse. Suspira varias veces y golpea suavemente.

–Pase –contesta una voz masculina desde adentro.

–Esa no es la voz de don Abraham… ¿quién puede ser? –se pregunta mientras abre el picaporte.

Entra y se sorprende al ver un joven sentado frente a la computadora. Es la primera vez que se encuentra con él, o al menos, que sabe que trabaja allí.

—¡Buen día, Abigail! Dile a Jorge que me traiga un café bien cargado —dice el muchacho sin levantar la vista.

Rut duda un instante:

—Señor, no soy Abigail… pero si quiere le traigo un café.

Elías gira la silla y la mira sorprendido.

—¡Buen día, señorita Rut! Perdón por la equivocación. ¿Qué necesita?

La joven se sorprende extrañada de que el joven también sepa su nombre.

—Estoy buscando a don Abraham —responde tímidamente.

—Perdone mi falta de educación —dice el joven levantándose— soy Elías. Mi padre llegará en un momento —extiende la mano para saludarla.

Rut responde tomando la mano que se le ofrece, mientras siente un nudo en el estómago ante la mirada de esos ojos tan oscuros.

—Siéntese, por favor —el joven le señala un sillón al lado del escritorio—. ¿Quiere tomar algo mientras espera a mi padre?

Rut se sorprende ante tanta gentileza, más, sabiendo que es el hijo del dueño.

—No, gracias, recién acabo de desayunar.

—Está bien… si me disculpa, tengo que seguir con mi tarea —dice gentilmente Elías volviendo a su computadora. Como el joven está de costado, Rut aprovecha para mirar cada detalle de esa figura varonil: Es de cabello negro, rizado y rasgos típicos de la raza judía; delgado, de estatura normal, y su ropa luce impecable. *¡Qué hermoso perfil tiene!* —reflexiona Rut, sintiéndose culpable por esos pensamientos.

No tarda en aparecer don Abraham.

–Rut, ¿qué haces aquí tan temprano? ¿Necesitas algo? –pregunta muy solícito, mientras cuelga su abrigo en la percha. Se sienta tras su escritorio y la mira extrañado– ¿Le pasó algo a tu mamá o a Ester?

–No, don Abraham –Rut no sabe qué palabras usar–. Usted me dijo que me daba un mes de prueba, ¿se acuerda?... Bueno, hoy se cumple el mes –explica tímidamente.

Don Abraham suelta una carcajada.

–¡Era eso! –exclama sonriendo– Yo pensé que te había pasado algo malo –Rut lo mira sin entender qué tiene de gracioso lo que ha dicho–. No te preocupes, ya estás confirmada hace tiempo.

La joven no puede esconder su alegría.

–Y... ¿por qué no me lo dijo antes?

–Porque pensé que te habías dado cuenta –explica don Abraham, sin dejar de sonreír– ¿Crees que no he observado que no te importa quedarte después de hora o hacer el trabajo que les corresponde a tus compañeras? O... ¿la amabilidad con que tratas a mis clientas? – cada palabra de don Abraham incrementa la alegría de Rut.

–Anda, muchacha –le dice el dueño de la tienda. Pero antes que ella se retire, la vuelve a llamar– ¿Cómo está tu madre? –le pregunta interesado.

–Ya le dieron el alta –contesta Rut muy confundida.

–¿Y dónde están viviendo? –vuelve a preguntar don Abraham.

–Por ahora, en casa de tía Ester.

–Pero ese departamento es muy chico –observa el hombre, preocupado. Queda pensando unos instantes y luego agrega–.

Aquí en la tienda hay un lugar donde podrían estar por el momento, pero…

No puede terminar la frase porque Rut lo interrumpe:

–¡Oh, cuánto se lo agradecería! –exclama con notable alegría.

Don Abraham le detalla el lugar donde hace un tiempo viviera el sereno, y aunque no está muy convencido, admira el entusiasmo de la joven. Luego le hace algunas indicaciones respecto a su trabajo, y concluye diciéndole:

–Y tienes el día libre para darle la noticia a los tuyos.

Rut no cabe dentro de sí y al cerrar la puerta de la oficina comienza a danzar al paso de un vals.

Abigail se sorprende al escuchar los tacos bajando tan rápido las escaleras.

–Rut… –le dice su compañera mientras la ve tan contenta, y, como advirtiendo algo agrega– Ah, ya sé, te confirmaron en el trabajo.

–Y no sólo eso –mueve un sobre en el aire– me pagaron el sueldo y me han dado el día libre. Voy corriendo a decírselo a los míos –vocifera mientras sale del edificio.

Pasan algunos días y cuando ya su madre se encuentra mucho mejor, le dice lo que le ha ofrecido don Abraham. Sara hace un gesto de disgusto y comenta:

–Cualquier cosa es mejor que esta miniatura.

Ese comentario molesta a su hija, sabiendo la buena voluntad que han tenido para con ellas. Ester le hace un gesto como diciéndole *no importa, no te preocupes* y ayuda a su hermana a bajar las escaleras. Rut ya ha preparado los bolsos con sus pocas pertenencias y baja para llamar un taxi que las lleve hasta la tienda.

Cuando llegan, ayuda a su madre a subir cada peldaño de la escalera de madera para llegar hasta el tercer piso.

—Mira mamá, este es el lugar que nos prestaron para vivir —explica la joven muy complacida.

Sara mira a uno y otro lado.

—¡Pero esto es un depósito —exclama asombrada.

—Sí, y al menos tenemos dos camas para dormir y un anafe para cocinar —Rut no puede esconder su alegría.

—Con la plata que tiene ese viejo podría habernos dado algo mejor —Sara no puede esconder su disgusto.

—¡Mamá, por favor! No te dirijas así hablando de don Abraham, que fue demasiado bueno al concedernos este lugar —Rut no entiende cómo su madre no puede estar agradecida ante esa gentileza del dueño de la tienda—. Ya no tendré que dormir en el suelo con tan solo una frazada y una toalla como almohada. Tú no te dabas cuenta, pero me levantaba toda acalambrada. Además el pobre Jeremías dormía, si se puede decir que lo hacía, todo encogido en el sillón y cuando se levantaba tenía que hacerle masajes por las contracturas. Él y tía Ester fueron muy buenos, pero ya era tiempo que dejáramos de molestarlos.

—Para algo es mi hermana. ¿No? —Rut mueve la cabeza resignada. Ya está acostumbrada a los rezongos de su madre. No puede entender que nunca sea agradecida, ni que tampoco se dé cuenta del sacrificio que hacían Ester y Jeremías por ayudarlas.

—Recuerda lo que decía papá…

—Sí, ya sé —Sara recalca las palabras—: "He aprendido a contentarme, cualquiera sea mi situación. Sé vivir humildemente, y sé tener abundancia; en todo y por todo estoy enseñado, así para estar saciado como para tener hambre, así para tener abundancia como para padecer necesidad" ¡Ya me sé el pasaje de memoria, de tanto que me lo repitió Ramón! Pero eso lo decía Pablo, no yo.

—Sí, mamá, todo lo que dice la Biblia es para cumplirlo, no para saberlo nada más —y añorando su niñez, añade—. No te imaginas cuánto extraño las charlas con papá. Leíamos la Biblia y siempre tenía alguna enseñanza para darme —suspira profundamente—. Ojalá que el esposo que me toque sea igual. ¡Me encantaría leer la Palabra de Dios con alguien más!

Sara mira a su hija como diciéndole: *No empieces con el discurso de nuevo* y se dirige a sentar en un sillón que se encuentra a un costado de los escaparates.

—Sí, todo muy lindo, pero Ramón muchas veces dejaba de trabajar para charlar contigo.

—¿Y eso te parece mal?

—Era el único sustento que teníamos. Y con hablar no se gana el pan de cada día.

—Porque tú te negaste siempre a trabajar en costura. Mira a la tía Ester, con tu misma profesión, no sólo mantuvo su familia después de la muerte del tío Oscar, sino que le está pagando aún la universidad a Jeremías.

—Pero ella es más fuerte que yo. Tú sabes lo débil que me siento muchas veces.

Rut sabe que eso siempre fue su pretexto, pero no quiere añadir más "leña al fuego".

—Cuando acomode todo esto, ponga cortinas en las ventanas y haga un poco de espacio para las camas, ya verás que todo se verá mejor —explica Rut tratando de conformar a su madre.

—Humm… Lo dudo.

–¡Mira! ¡Hasta tenemos sillas y una mesa! –Rut acaba de descubrirlas entre la ropa–, le pondré un hermoso mantel –la joven no cabe de alegría, mientras Sara sigue refunfuñando.

Sin perder más tiempo, Rut empieza a correr los percheros y hacer lugar para los muebles.

–Está todo lleno de tierra –vuelve a protestar Sara.

–¿Y qué quieres mamá? ¡Es un depósito! –La joven hace un gesto con los ojos demostrando su resignación.

En un rato, todo el panorama ha cambiado. Se ve mucho más acomodado y limpio.

–¿Viste, mamá? Ya se ve distinto. ¿No te parece?

–Yo lo sigo viendo igual, como un depósito –menciona mientras se levanta para ir hasta uno de los percheros–. Se ve que venden ropa fina. Mira qué trajes.

–Ni se te ocurra tocar esa ropa, mamá –Rut conoce a su madre y teme lo que pueda estar tramando. Se dirige a la cocinita y se dispone a preparar unos fideos con tuco. Cuando los tiene listos trae la fuente humeante y la pone sobre la mesa.

–¡Otra vez fideos! –vuelve a protestar su madre.

–Mamá, por favor, sé agradecida que aunque sea esto podemos comer. Hay gente que no tiene nada.

Sara se sienta mientras sigue refunfuñando. Después de almorzar, Rut comienza a caminar rumbo a la cocina para lavar la vajilla, pero se detiene al escuchar el chirrido de las escaleras de madera.

–Alguien viene –menciona, mientras pone su dedo en los labios en señal de silencio.

Al instante, aparece don Abraham.

–¡Cómo ha cambiado esto! –exclama admirado–. ¡Qué buen gusto tienes Rut!

La joven se sonroja un poco, mientras explica:

—Todavía falta bastante para dejarlo bien, de todas maneras no sé cómo agradecerle tanta gentileza de su parte —cuando advierte que su madre va a hablar, le hace señas sin que don Abraham lo advierta, para que no lo haga porque está recorriendo el lugar observando los cambios.

—Me alegro que ya estén acomodadas —dice, dirigiéndose a las escaleras—, cualquier cosa que necesiten, me avisan.

Cuando dejan de escuchar el chirrido de las escaleras y calculan que don Abraham ya ha llegado al otro piso, recién Rut saca la mano de la boca de su madre.

—No te perdonaría si hubieras dicho algo grosero —le dice mientras vuelve a dirigirse a la cocina. Sara se deja caer en una de las camas, que levanta una nube de polvo. Tose varias veces y se dirige a su hija.

—¿Y a esto le llamas limpio? —vuelve a rezongar, mientras Rut lava los platos.

—Sacude un poco el colchón y ponle las sábanas. Mamá, eso lo puedes hacer sin fatigarte tanto —la hija ya está perdiendo la paciencia.

Sara obedece de muy mala gana.

Rut vuelve a observar el lugar y piensa dónde y cómo ubicar las cosas para que queden mejor. Hace algunos cambios hasta que escucha los ronquidos de su madre.

—¡Menos mal que ya se durmió! —exclama resignada.

Al día siguiente amanece lloviendo. Rut baja las escaleras muy contenta. *Gracias Señor, por estar aquí,* ora en silencio, pensando lo que se habría mojado si hubiera tenido que tomar el colectivo desde la casa de su tía.

Al momento Abigail abre las puertas del negocio y comienzan a entrar los clientes. La mayoría son mujeres, por el tipo de ropa que venden.

Cuando declina el día, escucha sonar el celular.

—Más tarde te paso a buscar para ir a la reunión —es Jeremías.

—Está bien. Te espero.

Es una reunión de oración. No está muy concurrida, como sucede casi siempre los días de semana. La mayoría de los hermanos trabajan y por los horarios de los colectivos, no tienen tiempo de llegar; o bien, porque no le dan la importancia que tiene. De todas maneras, la reunión es muy animada y se percibe la obra del Espíritu Santo.

Cuando salen de la iglesia, los primos comienzan a caminar muy despacio hacia la parada del colectivo.

—¿Por qué no vino tía Sara? —pregunta Jeremías, mirando las baldosas de la vereda, para no pisar alguna floja y salpicar su traje, o a Rut que camina a su lado. La lluvia ha cesado hace muy poco, pero todavía quedan los vestigios de ella.

—Según mamá, no se sentía bien —contesta Rut distraída—. Puede que esta vez sea cierto, pero eso sucede muy a menudo. Cuando estábamos en las sierras, por lo general íbamos papá y yo solos a las reuniones, porque ella siempre tenía alguna excusa. Lo peor de todo es que no sé cuándo es verdad o cuándo está fingiendo. El día que sea cierto que se siente mal, lo más posible es que no le crea —Jeremías no hace ningún comentario, pero sabe que su prima tiene razón—. Quiero preguntarte algo, Jere —Rut cambia la conversación que le disgusta y utiliza el diminutivo del nombre de su primo, como lo hace casi siempre– ¿Por qué don Abraham y su familia festejan otros días, aparte de los nuestros, y comen comidas especiales? La semana pasada, no permitió que se abriera la tienda porque era el día de Pulín, Putim… o algo así.

–La fiesta de Purín –le aclara su primo sonriendo–. Lo que pasa es que la familia Lovrovic, aparte de ser creyentes en Cristo, son judíos y para ellos eso también es importante, porque son del pueblo escogido de Dios.

–Pero todo eso, ¿no es del Antiguo Testamento?

–Sí, pero ellos continúan con su tradición –Jeremías medita un momento–. A mí no me parece mal que lo hagan, porque así también honran a Dios.

–¿Y de qué se trata la fiesta que tuvieron la semana pasada?

–La fiesta de Purín es en conmemoración del pueblo de Israel cuando fue liberado de ser matados por un decreto que el malvado Amán le había hecho firmar al rey Asuero.

–¡Ah! –exclama Rut– esa historia está en el libro de Ester, ¿verdad?

Jeremías asiente con la cabeza.

–Pero no tendría que extrañarte tanto, porque tú también tienes sangre judía, como yo.

–Oh, sí, pero por parte de mamá nada más, porque papá era más criollo que la *"tuna"* –Jeremías se divierte y sonríe con las acotaciones de su prima, que continúa–. Pero en casa nunca se festejó nada especial. Yo casi ni me entero que tengo ascendencia judía.

–Bueno, en casa tampoco, porque papá era polaco, pero es un gran honor pertenecer a esa raza porque de ella vino nuestro Señor para morir por nosotros en la cruz –en ese momento se termina la charla porque el joven ha llegado a la parada del colectivo. Los dos suben y, como siempre a esa hora, deben viajar parados. *Gracias a Dios que no es largo el recorrido,* piensa Rut. Luego baja frente a la tienda y saluda a Jeremías que sigue su camino.

El portero la está esperando y le abre muy gentilmente la puerta.

–Buenas noches, señorita Rut. ¿Qué tal estuvo la reunión? –la joven se asombra que pese a que hace tan poco que está allí, todos en la tienda ya sepan su nombre.

–Bien, don… –no puede recordar el nombre del portero.

–Me llamo Jorge, señorita –le aclara el hombre viendo la incomodidad de Rut–, pero no se preocupe, si lo desea y no se acuerda mi nombre, llámeme *señor portero*, –y le hace una reverencia, lo que origina una sonrisa en la joven.

–Gracias, señor Jorge –replica Rut mientras sube las escaleras rumbo al depósito.

Pasa el tiempo, y un día, después de la jornada de trabajo, Rut sigue con su tarea de embellecer lo más que puede el lugar donde están viviendo con su madre, cuando siente nuevamente los chirridos de las escaleras. Deja al instante lo que está haciendo y se dispone a recibir al visitante. Calcula que es don Abraham, que todos los días sube para ver los cambios que ella realiza en el depósito.

Pero para su asombro el que aparece es Jacob, el hijo mayor del matrimonio que es dueño de la tienda, trae consigo un gran ramo de rosas y un estuche.

–Buenas noches, Rut –la saluda muy ceremoniosamente, mientras le entrega el ramo–. Esto es para usted.

Al momento aparece Sara, que lo mira muy extrañada, pero le dedica una enorme sonrisa.

–Buenas noches, joven.

–Y esto es para usted, señora –dice Jacob, entregándole el estuche que traía.

Sara no aguanta su curiosidad y lo abre.

–¡Uuuy! –exclama asombrada–. ¡Qué hermoso collar! –agradece la gentileza del joven y va rápidamente a medírselo frente a un espejo.

Rut no entiende bien qué es lo que está pasando. Jacob es parecido a su hermano, pero de rasgos y sonrisa más delicados. La joven, hasta ese momento lo había visto solo una o dos veces cuando venía a la tienda y entraba en el escritorio de su padre. *No trabaja aquí* –piensa extrañada– *al menos que yo sepa al único que veo es a Elías, que siempre viene a la oficina antes de hora.*

–Mi madre manda a decirles –sigue explicando el joven– que mañana vendrá a buscarlas para que vayan a casa a tomar una taza de té.

–¿Quéeee? –Rut no puede salir de su asombro–. Pero si apenas nos conocen. Dígale a su madre que no se aflija, nosotras estamos bien.

Sara, que ha escuchado el comentario de Jacob, deja lo que está haciendo y viene contentísima.

–Es una gentileza de parte de su madre –comenta, sin poder ocultar su alegría–. Dígale que iremos con mucho gusto –menciona esto a la vez que mira de reojo a Rut para que no haga más comentarios.

El joven se retira, haciendo una reverencia.

–¿Te das cuenta? ¡Podremos conocer esa mansión! ¿Te

imaginas? Cubiertos de plata, o alpaca, tazas de porcelana china y demás —Sara sigue describiendo lo que se imagina que verá en la mansión.

—No sé... —medita Rut—. Esto me parece muy extraño. Además, mamá, aquí estamos muy bien —concluye la joven, aseverando con firmeza.

—Ni se te ocurra despreciar esto —le advierte Sara, haciéndole una mirada, como diciendo: *Estás loca*, y vuelve a seguir admirando su collar.

—¿Por qué será tan egoísta? —razona Rut dirigiéndose al baño a darse una ducha— en lo único que piensa es en ella. ¡Qué distinta a tía Ester! Ella es un ejemplo para Jeremías. Yo no puedo decir lo mismo... Si todavía viviera papá —suspira resignada— él siempre tenía un texto para animarme o aconsejarme. En cambio a mamá, —razona— no puedo reprocharle nada porque nuestra vida fue muy dura.

Termina de ducharse, seca su cabello, y antes de dormir se arrodilla al costado de su cama.

—Señor, no sé qué hacer... no quiero hacer sufrir a mamá, pero quisiera encontrar otra salida —su oración acostumbrada se vuelve una súplica—. Por favor, ayúdame a decidir bien —queda un rato en silencio y luego se acuesta para no seguir escuchando los reproches de su madre.

CAPÍTULO 3

Una invitación sospechosa

AL DÍA SIGUIENTE, COMO LO PROMETIERA JACOB, LLEGA A buscar a Rut y Sara con doña Rebeca en un auto muy lujoso. Sara ya se encuentra en la puerta del negocio, pero Rut se siente reticente a bajar. Todavía no entiende tanta amabilidad y sospecha que no es común lo que está sucediendo. Pero, como no quiere contradecir a su madre, termina bajando las escaleras.

En el auto la esperan y, cuando aparece, Jacob se baja del asiento del chofer y haciendo una reverencia, le abre la puerta trasera del vehículo. La joven le devuelve la gentileza con una sonrisa fingida. Entra y se sienta en silencio. Escucha a su madre y a Rebeca hablando como si fueran grandes amigas. Mira el espejo retrovisor y Jacob le dedica una sonrisa y una guiñada de ojo. *¿Qué le pasa a éste?*, piensa Rut sorprendida. Algo en su interior se revela, pero no puede darse cuenta qué es. Todo sucedió tan de prisa que no le ha dado tiempo a pensar. *¿De dónde nos conocen tanto?* —sigue pensando la joven—. *Si apenas nos hemos visto dos o tres veces.*

Llegan ante un gran portón que se abre al apretar Jacob un control remoto. El vehículo se desliza por un sendero que serpentea unos jardines espléndidos, hasta llegar a una gran escalinata de mármol. A Sara no le alcanzan los ojos para observar cada detalle, en cambio Rut permanece callada y con la vista fija hacia adelante. Cuando se detiene el vehículo, Jacob se apresura a bajar y abre la puerta trasera cediendo gentilmente el paso a Rut y su madre.

–¡Qué hermosa mansión! –Sara no cabe dentro de sí– ¡Y qué preciosos jardines! ¿Quién los cuida? –pregunta, mientras sube las escaleras con ayuda de su hija.

–Tienen un jardinero, mamá –le explica Rut, bastante incómoda. La actitud de su madre le resulta muy exagerada.

Entran a una gran sala, con mullidos sillones y cortinados hasta el suelo cubriendo cada ventanal. Todo reluce. El piso parece un espejo. Sara recorre el lugar dando exclamaciones, mientras Rut permanece parada, tiesa. Rebeca y Jacob sonríen e intercambien una mirada de complicidad.

–Pasemos al comedor –dice el joven, haciendo una exagerada reverencia–, ya debe estar todo listo para el té.

Sara se apresura a obedecer y Rut la toma del brazo por miedo a que resbale en esos pisos donde los pies de su madre nunca caminaron.

Después de pasar por salones, a cual más lujosos, llegan al comedor. También reluce, como todas las demás habitaciones, pero en el medio hay una gran mesa con un mantel bordado y, como se imaginara Sara, una vajilla de porcelana con cubiertos de plata. Jacob retira una silla tapizada de color bordó e invita a Rut a sentarse. Ella toma asiento sin decir palabra; mientras,

Rebeca se lleva a Sara al otro extremo de la mesa. Es evidente que quiere dejarlos solos. Esto incomoda aún más a la joven, que para disimular, toma una servilleta y la coloca en su falda. No entiende para qué son tantos cubiertos, platos y copas, si simplemente van a tomar una taza de té. Jacob se sienta al frente, mientras llama a una mucama que luce con uniforme y cofia de color blanco y vestido azul debajo, con una bandeja llena de bocaditos dulces y salados. Los acomoda en la mesa y se retira. Al momento viene otra mucama, con el mismo uniforme, portando otra bandeja con una tetera con agua hirviendo y un cofre con sobrecitos de té de distintos gustos. Cada cual elige el suyo, pero al ver la indecisión de la joven, Jacob se apresura y estirándose le dice:

—Déjeme elegir por usted —saca un sobre y quitándole la cobertura, lo coloca en la taza de Rut y le agrega agua caliente de la tetera. Ella agradece la gentileza con un gesto parecido a una sonrisa y luego, disimuladamente, espera que los dueños de casa empiecen a comer para saber qué cubiertos o qué platos debe usar. Se siente como una campesina en la ciudad. Jacob se deshace en atenciones, mientras Rebeca y Sara conversan animadamente.

Al concluir la merienda, madre e hija son invitadas a pasar a otro salón.

—¿Desean entretenerse jugando? —pregunta el joven, señalando distintos juegos de mesa acomodados en mesitas individuales— ¿O prefieren recorrer la mansión?

Rut elige la segunda opción, no porque desea conocer esa mansión, sino porque no tiene idea cómo se juega a nada de lo que está ahí y no quiere pasar más vergüenza. Rebeca toma del brazo a Sara y se la lleva hacia los jardines. Lo único que se escucha son las exclamaciones exageradas de su madre. Jacob le ofrece gentilmente el brazo, pero Rut no se da por aludida y comienza a caminar. El joven le va explicando y detallando los distintos ambientes, pero se da cuenta que ella no le presta la más mínima atención. Al rato se encuentra bastante incómodo ante esa actitud y decide terminar con esa situación.

–Si prefiere, puedo llevarla de nuevo a la tienda… –no alcanza a decir esto cuando Rut asiente decidida, pero cuando quiere dirigirse a la entrada se da cuenta que no tiene ni idea dónde queda. Jacob la dirige por los pasillos hasta que divisa el ventanal de entrada.

–Les estamos muy agradecidas –la joven rompe su silencio mientras busca con la vista a su madre entre todas las hermosas plantas del jardín. Como está más elevada porque todavía no ha bajado las escalinatas, logra divisarla bastante alejada y comienza a mover sus brazos, llamándola.

Sara sigue charlando muy entretenida con la dueña de casa que la sostiene constantemente. Cuando llegan, Jacob llama a su chofer que viste un traje gris, de muy buen corte y haciendo una reverencia, va a buscar su lujoso auto. Lo conduce hasta la entrada y le entrega las llaves al joven. Éste las recibe y abre la puerta de adelante.

–Siéntese, Rut –le dice, mientras Rebeca hace lo propio con Sara, en el asiento de atrás.

El viaje de regreso no ofrece ningún cambio. Rut permanece en silencio, con su vista puesta en la carretera y Sara conversando todo el tiempo.

Para alivio de la joven, llegan rápidamente a la tienda. Se baja, no dándole tiempo a Jacob para que venga a abrirle la puerta, y tomando a su madre del brazo agradece con un monosílabo.

–Gracias.

Después de saludarlas muy ceremoniosamente, Jacob se instala al volante y se aleja manejando muy despacio.

–¿Viste la cara de Sara, hijo? –pregunta Rebeca, cuando ya se han alejado.

–La que no está muy convencida es Rut –aclara el joven.

–Lo importante es conquistar a la madre, lo demás viene solo –comenta Rebeca mirando hacia el exterior.

Al día siguiente, en la tienda, Rut pasa el día muy callada. Su mente trabaja a mil revoluciones, pero no logra entender. Cuando ya van a cerrar, Abigail la aborda.

–¿Qué te pasa hoy que estás tan cambiada? –la pregunta de su amiga la vuelve a la realidad.

–Es que no termino de entender…

–¿Qué cosa?

–¿Por qué doña Rebeca y Jacob nos invitaron ayer a tomar el té? –manifiesta Rut sin mirar a su compañera.

–¿Quééééé?

Rut explica:

–Nos llevaron a la mansión y se deshacían en halagos.

–¿Doña Rebeca y Jacob? –su amiga no sale de su asombro. Rut asiente con la cabeza–. Si viniera de don Abraham o de Elías, lo entendería –sigue Abigail–. Ellos ya han hecho eso varias veces. Pero especialmente doña Rebeca –medita pensativa– en lo único que piensa es en sí misma y en su *hijito preferido* –la joven dice esto último fingiendo la voz, lo que despierta una pequeña sonrisa en Rut–. Debes tener cuidado con esos dos

—le advierte su amiga—. Algo se traen entre manos.

—Yo también pienso lo mismo, pero no alcanzo a comprender qué puede ser.

Abigail se despide de su amiga con un beso. Rut se queda parada un rato y luego camina hacia las escaleras.

Arriba, doña Sara todavía se encuentra eligiendo ropa en los percheros.

—Mamá —le advierte Rut—, te dije que no tocaras nada.

—Rebeca me dijo que eligiera todo lo que quisiera —como está tan entretenida mirando los escaparates, no se da cuenta de la cara que pone su hija.

—¿Eso te dijo?

Sara asiente con la cabeza mientras acerca a su cuerpo uno y otro vestido con su percha, mirándose al espejo. Para Rut todo se hace cada vez más incomprensible. Su madre ha sacado varias prendas que trata de colocar dentro de un bolso, pero como ya no le cabe más, le pide a su hija:

—¿Podrías ponerme estas cosas en tu bolso? Al mío ya no le entra más.

Rut hace un gesto con sus ojos y se dirige a la cocina. No quiere reprocharle más a su madre, porque sabe que se llevará otro disgusto y no está de ánimo para aguantar eso.

Pasan los días y se repiten situaciones similares, a veces las invitan a almorzar, otras a merendar, hasta que un día la invitación va todavía más lejos: a un fin de semana en la mansión. A esta altura, Rut ya se ha acostumbrado a las galanterías de Jacob y como no quiere más discusiones con su madre, acepta todo lo que le ofrecen. Tanto Sara, como ella, en cada encuentro reciben regalos. Los de Rut se van acumulando, sin abrirlos, en una caja.

En cambio su madre ya luce como el muestrario de una joyería.

Repentinamente, Jacob llega un día, como lo hace siempre, con un hermoso ramo de rosas para Rut y otro regalo para su madre, y les da una noticia inesperada:

—Mañana vendremos a buscarlas para que conozcan la casita que compramos para ustedes.

Rut lo mira asombrada, pero Sara, que ha escuchado el anuncio, viene corriendo, porque calcula que su hija va a rechazar la oferta.

—¡Qué amable son ustedes! Dígale a su madre que se lo agradecemos de todo corazón.

Como Rut sigue callada, Jacob se retira y al darse vuelta, sonríe sarcásticamente. Las dos mujeres no advierten ese gesto porque se encuentran de espaldas al joven.

—¡Tendremos una casa! No esta pocilga donde ahora vivimos —Sara no puede ocultar la alegría que desborda después que ha escuchado la noticia.

—¡Mamá! No seas desagradecida. Aquí vivimos perfectamente, tenemos todas las comodidades que necesitamos.

—Quizás, pero no es lo mismo. Me imagino lo que compraron para nosotras —suspira emocionada, llevándose las manos al pecho.

Como estaba previsto, al día siguiente llega Jacob con su madre, en su lujoso auto y las conduce hasta una casita muy linda, recién pintada, que tiene un jardín con flores multicolores.

—Es lo que compramos con mi hijo para ustedes —explica Rebeca sonriendo.

—¡No lo puedo creer! —exclama Sara mientras abre la portezuela de la verja.

Rut se queda parada en la vereda. Algo no termina de convencerla. *¿Por qué tanta amabilidad?*, se cuestiona intranquila.

—Rut, pase por favor —Jacob la toma suavemente del brazo—. Entre a conocer *su* vivienda —recalca el artículo posesivo a propósito.

La joven se deja conducir como una autómata. Cuando llega al interior de la casita, ya su madre la ha recorrido completamente.

—Mira, Rut, ¡qué hermosura! Hasta tiene bañera —explica Sara, casi delirando—. ¡Todos los muebles son preciosos! —y observando que su hija no dice nada, agrega suspirando— ¡Cuándo terminaremos de agradecerles tanta gentileza! ¿Cierto Rut? —mira a su hija taladrándola con sus ojos.

—Mañana iremos al negocio para buscar sus pertenencias —explica Rebeca—, aunque no hace falta que traigan mucho, porque esta casa tiene de todo —aclara, mirando de reojo a Jacob.

El joven, con sus manos entrecruzadas en la espalda, se dirige a Rut:

—¿Algo la incomoda, señorita? —inquiere gentilmente.

—No lo sé —duda la joven—. Todo esto me parece tan extraño… no entiendo, ustedes apenas nos conocen.

Sara sale al encuentro de lo que supone dirá su hija.

—Nunca terminaremos de agradecerles —repite, mientras le dirige una mirada fulminante a Rut.

—Bueno, si están conformes… —Rebeca tampoco quiere que la joven hable— ¿Qué les parece si volvemos a la tienda?

Sara vuelve a recorrer con su mirada embelesada toda la vivienda. Los otros tres se dirigen al auto y una vez que se han ubicado, Rut llama disgustada a su madre:

—Vamos, mamá, mañana la verás mejor —Sara viene danzando casi sin pisar el suelo.

Al otro día, como estaba previsto, llega Jacob en su camioneta.

—¿Ya están listas? —pregunta amablemente.

—¡Oh, sí! —Sara ya está esperándolo en la vereda—, ¿podría ser tan amable de buscar mi bolso? Pesa mucho —se disculpa.

El joven, muy solícito entra a la tienda. Cuando llega al depósito no ve a Rut. La busca por todos lados hasta que la encuentra arrodillada junto a un escaparate. Se mantiene en silencio observando sus labios que se mueven en silencio. *Seguramente está orando*, piensa Jacob, mientras se queda parado esperando el *amén*.

Rut se levanta muy despacio y al darse vuelta y ver al joven exclama:

—¡Señor Jacob! ¡Qué susto! ¿Hace cuánto está ahí?

El joven sonríe.

—¿Cuándo te acostumbrarás a no llamarme "*señor*"? —mira a la joven con picardía—, acuérdate que el único "*Señor*" es el que está en el cielo.

Rut se da cuenta que ha evadido la pregunta que le hizo, y como no quiere alargar la charla pues se siente incómoda de estar a solas con él, se alisa un poco la falda y añade:

—Ya está todo preparado —se dirige al lado de las camas y levanta su bolso, pero cuando quiere hacer lo mismo con el de su madre, no puede.

—Déjeme Rut, yo llevaré los dos, para algo son los hombres —comenta Jacob amablemente.

La joven baja las escaleras como una autómata, sin articular palabra. Sube a la camioneta y cierra la puerta, para no darle tiempo a Jacob que lo haga. El joven carga los bolsos en la parte de atrás y se instala al volante.

–¡Hacia su nuevo hogar! –exclama arrancando el vehículo. Cuando llegan, le alcanza las llaves a Sara, mientras abre el portoncito de entrada y se dirige a sacar los bolsos.

Rut sigue callada, a pesar de las bromas que trata de hacer Jacob. Al comprobar el joven que nada da resultado, se retira, con una inclinación de cabeza.

–¡Que disfruten su nueva vivienda! –grita desde el jardín Jacob.

Cuando ya el vehículo se ha alejado. Sara reprende a su hija.

–¿Podrías cambiar esa cara de asco? –le reprocha.

La joven no contesta y se dirige a los dormitorios.

–¿Cuál prefieres? –pregunta sabiendo que su madre va a elegir el más grande que da al jardín.

–El que tiene ese ventanal enorme, con cortinas de raso.

Rut sonríe pues sabía la respuesta y se dirige a la otra habitación. Es más chica, pero más confortable para su gusto. Acomoda su poca ropa y lleva a su madre el resto.

–Todo esto es tuyo –aclara disgustada–, por poco te traes el negocio entero.

–Bueno –comenta Sara–, tengo que aprovechar la amabilidad de Rebeca. No sé si llegaremos a tener tanta suerte otra vez.

Rut toma su cartera y se dispone a salir. Sara la mira sin entender.

–¿A dónde vas?

–Al trabajo, mamá –explica la joven recalcando las palabras.

–Pero si Jacob te dijo que podías tomarte el día.

–Sí, pero él no es el dueño del negocio –replica Rut, agregando–. No quiero abusarme, ya me dieron varios días por todo este cambio.

Sara se encoge de hombros y cuando va a entrar al dormitorio, siente la voz de Rut que grita desde el exterior.

–¡Mamá, prepara algo de comer hasta que vuelva! –la joven sonríe tristemente, sabiendo que es inútil su intento. Al volver, seguramente tendrá que cocinar ella.

Cuando Rut llega al negocio se da cuenta que hay más movimiento de lo habitual.

–¿Por qué hay tanta gente? –le pregunta a Abigail.

–Es que mañana es otra fiesta judía –aclara su amiga– y todos van a la sinagoga.

Rut asiente dando a entender que comprende. *Claro* –medita– *en esas fiestas lo único que les importa es lucir sus galas, todas lo hacen.*

Deja su cartera en el gavetero y comienza a atender las clientas. Se siente observada, como todos los días, y al levantar la vista ve una figura detrás de los vidrios esfumados de la oficina del dueño. *¿Será don Abraham o Elías?* –siente que su corazón late más rápido. Ambos tienen siluetas muy similares. Sigue su tarea como si no le importara, pero sus manos transpiran. Elías siempre la saluda amablemente, pero nunca ha tenido ninguna gentileza como Jacob. *Son tan distintos* –compara sin querer a los dos hermanos.

Cuando el negocio se cierra, todavía queda bastante gente por atender. Las empleadas se apresuran para retirarse más rápido. Rut sigue atendiendo muy tranquila, mientras las mujeres se prueban una y otra prenda, varias veces. Algunas le preguntan su opinión y ella las alaba, sabiendo que eso es lo que esperan, pero piensa: *Parece un chorizo atado. No sé por qué todas compran ropa de talle más chico que el que deberían. En vez de parecer más delgadas, se le resaltan los rollos por todos lados* —sonríe para sus adentros, sabiendo que si da su verdadera opinión, perdería las clientas y no puede darse ese lujo. Además, qué le importa a ella cómo lucen.

—¡Por fin se fueron todas! —exclama Abigail cerrando rápidamente las puertas del negocio—. Espero que a mi hijo lo tengan todavía en la guardería —llama a un taxi, mientras Rut se dirige a la parada del colectivo.

Cuando llega a su nueva vivienda, encuentra que su madre, como siempre, no ha preparado la comida. Se dirige a la cocina y se pone un delantal. *No le va a alcanzar la semana para ver cada detalle de la casa* —mueve la cabeza resignada.

CAPÍTULO 4

Propuesta imaginada

JACOB LLEGA A LA IGLESIA EN SU LUJOSO AUTO Y LO ESTACIONA justo a la entrada, como si ese lugar ya le perteneciera. Al bajar, toma a Rut de un brazo y con la otra mano sostiene a Sara. Cuando entran al salón, la joven busca con su mirada a su primo, y cuando lo divisa, se suelta de Jacob y va a sentarse al lado de Jeremías. No le da tiempo a su madre de reprocharle nada. Sara trata de disimular la actitud de su hija y se ubica en otro banco donde hay espacio para ella y Jacob.

Todos disfrutan de un tiempo hermoso de alabanza. Cuando anuncian al predicador, Rut tiene la sensación que su primo escucha los latidos de su corazón. Lo mira de reojo, pero él no se inmuta.

Termina la reunión, se saludan en la entrada del salón con varios concurrentes y comienzan a caminar lentamente. Sara llama a su hija.

—¡Vamos, Rut, Jacob nos está esperando! —advierte la mujer con voz áspera.

—Ve tú, mamá —contesta con decisión su hija—. Yo vuelvo con Jeremías.

El joven mira a su prima desconcertado, pero, sin hacer ningún comentario, la toma del hombro como protegiéndola (aunque no sabe de qué), y la acompaña.

Rut camina a su lado, muy callada. Jeremías no quiere interrumpir su meditación, pensando que está reflexionando el sermón que acaban de escuchar.

—¡Qué bien que aplica las enseñanzas bíblicas Elías! —comenta el joven como al pasar, tratando de iniciar una conversación.

Rut mira el suelo y contesta con un murmullo afirmativo. No quiere que su primo se dé cuenta, pero la verdad, no se acuerda casi nada del mensaje porque se la pasó observando esa figura y esos ojos que tanto la alteran este último tiempo. *¡Qué buen mozo se veía con ese traje!* —piensa, enojada consigo misma sabiendo que Elías es un ser prohibido para ella. Como para sacar de su mente esos pensamientos, pregunta:

—¿Doña Rebeca, viene a las reuniones? Porque esta noche no la vi.

—Muy de vez en cuando —contesta Jeremías, contento de que se haya cortado el hielo— y cada vez que lo hace, se pone la joyería encima —concluye el joven riéndose para contagiar el buen ánimo a su prima. Viendo que lo ha conseguido, prosigue —¿Y qué tal tu nueva casa?

—Es muy linda —comenta Rut, sin ningún entusiasmo—. Demasiado para nosotras.

Jeremías se para delante de ella para que se detenga.

—¿Qué te sucede, Rut? —le pregunta en un tono fuerte que merece una respuesta.

—No lo sé —ella se encoge de hombros—. Hay muchas cosas que no encajan.

–¿Cómo qué...? Dame un ejemplo.

–La manera cómo nos trata Jacob, la gentileza de doña Rebeca. En fin, no me hagas caso, quizá sean suposiciones mías, nada más –y como no le gusta el rumbo de la conversación, añade:– ¿Sabes a quién vi hoy en la tienda?

Jeremías ha vuelto a su lado y siguen caminando.

–No tengo ni la menor idea –contesta, esperando la explicación de su prima.

–A Ana –aclara Rut como al pasar, sabiendo que ese nombre altera al joven. Empieza a reír cuando él la bombardea a preguntas:

–¿Cómo está? ¿Por qué vino a Córdoba? ¿Se ha casado?

Rut continúa riendo:

–Una pregunta a la vez, por favor.

Jeremías se da cuenta que se ha delatado, pero sabe que su prima ya lo sabía.

–Está bien. ¿Por qué está en Córdoba?

–Porque está trabajando aquí –aclara Rut, sabiendo que esto le traerá gran alegría a su primo–. Se recibió de maestra y está ejerciendo en el colegio evangélico del Centro Bautista.

–Pero eso queda muy cerca de nuestro departamento –comenta agitado Jeremías–. ¿Por qué nunca la he visto?

–Porque hace muy poco que vino –le explica Rut recalcando las palabras.

–Y... ¿se ha casado? –pregunta el joven, temiendo la respuesta.

–No, no se ha casado –contesta su prima, muy pícara–. Mañana quedamos de encontrarnos a la salida del trabajo.

–¿En serio? –pregunta Jeremías inquieto, pero cuando se da cuenta que Rut se descostilla de risa, agrega–. Te puedes reír todo lo que quieras, no te voy a negar que sigo pensando en Ana.

–Y ella en ti –comenta ella enjugándose las lágrimas de tanto reírse. Por primera vez ve a su primo tan alterado y como sabe el motivo, prosigue–: Si quieres, puedes acompañarme mañana. Yo enseguida te dejo, con cualquier pretexto, así ustedes pueden conversar tranquilos. Y le puedes preguntar a ella todas las dudas que tengas –aclara la joven, todavía entre risas.

–Gracias, prima –Jeremías la besa en la frente–. Siempre serás mi "*compinche*" –le pellizca la nariz, sabiendo que eso le provoca más risa.

Siguen conversando divertidos. Aunque no saben muy bien de qué hablan, porque cada uno está con su mente en otro lado. Llegan a la parada del colectivo y luego de abordarlo, como siempre, Rut se baja frente a su nueva vivienda y Jeremías sigue su camino.

Los días transcurren rápidamente. Rut ya se ha acostumbrado a la visita de doña Rebeca y Jacob todos los días, y como es lo cotidiano, la mujer se lleva a Sara con distintos pretextos, dejándola sola con su hijo. Siempre conversan de temas diversos, pero a Rut no le agrada que cada vez que trata de llevar la conversación a temas bíblicos, Jacob los evade, con disimulo.

Ese día se ha presentado con un traje de muy buena marca y con su acostumbrado ramo de rosas.

–Rut... –dice Jacob acercándose un poco en el sillón que ocupan ambos– ¿Te casarías conmigo?

Aunque ya la joven esperaba esa pregunta en algún momento, le disgusta que al menos, no le haya pedido que oren por un tiempo.

–Creo que será mejor que esperemos un poco para ver si es la voluntad del Señor –dice Rut tímidamente.

—Sí, sí, por supuesto… –asiente Jacob no muy convencido.

Pasan un buen rato conversando de diversos temas, hasta que llegan Rebeca y Sara cargando varios paquetes. Rut ya no se extraña porque es algo cotidiano.

—Me duelen los pies de tanto caminar –dice Rebeca, dejándose caer en un sillón.

—¡Mira qué cosas hermosas Rut! –exclama su madre a la vez que saca distintas joyas y prendas de las cajas.

La joven las mira sin darle demasiada importancia. La alegría de su madre le parece exagerada, pero prefiere callar para no escuchar más reproches.

Luego de un rato, madre e hijo se retiran. Cuando ya se encuentran solas, Rut comenta como al pasar:

—Jacob me pidió que sea su esposa.

Sara, que iba dispuesta a guardar las compras, se detiene en seco.

—Me imagino que no lo habrás rechazado, ¿no? –pregunta, no muy convencida de la insensatez de su hija.

—Le pedí un poco de tiempo –aclara Rut, sin dar mayores explicaciones.

Sara viene muy ansiosa a sentarse al lado de su hija.

—¿Sabes a cuántas chicas les gustaría estar en tu lugar? –indaga sin más preámbulos. Rut se levanta y se dirige a su habitación sin hacer ningún comentario. Sara la sigue– Por favor, hija –le pide casi rogando– ¿Cuándo vamos a vivir mejor? ¿Te imaginas paseándome por esos jardines de ensueño en la casa de mis consuegros?

Rut hace un gesto con sus ojos, se dirige a su habitación, y cierra la puerta para no seguir escuchando los disparates de su madre. Razona mentalmente, *ella piensa solamente en ella*. Permanece un buen rato apoyada en la puerta con sus manos entrecruzadas en la espalda. *Señor, ayúdame a no equivocarme*. Ruega en silencio, sintiendo correr lágrimas por sus mejillas. *Cómo quisiera consultar con don Abraham o...* Detiene sus pensamientos sabiendo que no tendrían una opinión imparcial. *Se trata de su hijo y de su hermano*. Desliza su cuerpo por la puerta hasta quedar en cuclillas. Se toma las piernas con sus manos, mientras esconde la cabeza entre las rodillas. Llora un rato, sin saber bien por qué. Se siente muy sola para tomar una decisión adecuada. Si por lo menos tuviera a su padre. Piensa contárselo a Jeremías, pero lo descarta, sabiendo que sería inoportuno, pues su primo está preparando su boda con Ana. Jeremías se ha recibido de abogado y ha conseguido trabajo en un bufete de muy buena reputación. Sigue viviendo con su madre pero se han cambiado de departamento. Ana está de acuerdo en que Ester viva con ellos después de casados, pero su futura suegra no lo ha aceptado. *El casado, casa quiere*. Repite el dicho tan popular.

Después de llorar un rato, Rut se siente más aliviada y se cambia para dormir. No quiere ir a cenar porque sería torturante escuchar nuevamente las sugerencias de su madre.

CAPÍTULO 5

Comienza el calvario

RUT ESTÁ SENTADA EN UN AVIÓN QUE VUELA RUMBO A Europa, allí decidió Jacob pasar su luna de miel. Para ella todo sucedió tan rápido que le parece no haberlo vivido. Doña Rebeca no la dejó ocuparse de nada, hasta le eligió el vestido de novia. Estaba hermosa, pero muy exagerado para su gusto. La fiesta fue todo un éxito: comida variada y en abundancia, flores y moños en todo el jardín de la mansión y una gran alfombra roja con luces a los costados, haciendo de sendero para los novios. Como su padre ya no vive, entró del brazo de don Abraham que, a sugerencia de ella, aceptó gustoso. Los regalos fueron a cual más caro y más lujoso. Todos querían quedar bien con semejante familia.

Rut mira distraída por la ventanilla del avión, cómo van pasando las nubes. Debemos ir volando muy alto, piensa, porque no se ve la tierra. Tiene ganas de llorar, pero se contiene. *¡Mamá se veía tan contenta! ¡Por fin tiene lo que tanto soñó!* —trata de convencerse con ese pensamiento para alejar sus temores.

—Señorita —escucha a Jeremías a su lado. La azafata se acerca—. ¿Podría traerme otro wisky?

Rut gira su cabeza hacia el costado.

—¿No te parece que ya bebiste demasiado? —le reprocha disgustada a su esposo.

—No te preocupes, estoy acostumbrado —dice Jacob sin dar mayores explicaciones.

Esa contestación la incomoda aún más. Le parece que todos en el avión tienen posados sus ojos en ellos. Jacob, después de la boda, se ha comportado de manera muy extraña. Se acabaron las galanterías y las palabras suaves. Ahora la ignora totalmente. Rut no sabe a qué atribuir ese cambio, pero se da cuenta que tampoco le importa mucho. Le extraña que Jacob nunca la besara apasionadamente. Más parecían besos de amigos que de novios. Piensa: *Qué distinta es la relación de la pareja de Jeremías y Ana. Ellos se miraban como si nadie existiera en su entorno, y su ceremonia en la iglesia fue tan sencilla, pero tan linda… Y el beso final…* Rut suspira al rememorar y se dice a sí misma: *Se veían tan contentos. En cambio nosotros…* —no quiere seguir haciendo comparaciones porque sabe que llegará a la misma conclusión.

Los días pasan volando y cuando llegan de su luna de miel al aeropuerto Elías los está esperando con su lujoso auto. Esto incomoda tanto a Rut que no puede disimularlo. Se saludan como grandes amigos y se dirigen hacia la nueva residencia de los recién casados. Jacob le muestra la mansión, orgulloso.

—Mira, mi amor —le dice melosamente— esta es la mansión que compré para que vivamos los dos solitos —pellizca la mejilla de Rut, que no entiende semejante cambio de su esposo. Cuando Elías los deja, vuelve a ignorarla.

Fingía para que su hermano crea que todo está perfecto —piensa Rut disgustada.

Mientras tanto, Elías llega al negocio y sube al primer piso. Don Abraham lo observa seriamente

–¿Cómo está la pareja de tórtolitos? –pregunta, sin darle mucha importancia, mientras firma unos papeles.

–Aparentemente todo está en orden –comenta el joven, yendo a sentarse en su computadora. Afloja el nudo de su corbata y se arremanga la camisa.

Don Abraham no necesita mucho para darse cuenta que su hijo está disgustado. Se acerca al escritorio de Elías, se apoya en él y cruzando los brazos, pregunta:

–¿No te parece que Rut puede ser la solución para Jacob?

Elías tarda en hablar.

–Papá, por favor… –contesta sin apartar su vista de la pantalla– el problema de Jacob es desde la secundaria. Yo lo viví de cerca porque íbamos juntos, ¿te acuerdas?

–Pero entonces… Rut… –don Abraham no quiere revelar lo que piensa.

–Ella está totalmente de acuerdo, papá. Es evidente que le gusta la buena vida, a cualquier costo –concluye Elías disgustado.

El dueño de la tienda vuelve a su escritorio. *¡Pobre Elías!* –exclama para sus adentros– *Él no se da cuenta cómo lo observaba todos los días mirando a las empleadas. Especialmente a una…* –suspira resignado–. *Me decía que era para controlar la marcha del negocio, pero desde que no está Rut, ya no le importa como sigue todo* –mueve la cabeza y vuelve a su trabajo.

También Elías tiene sus propios pensamientos.

–*¡Cómo me equivoqué con Rut! Yo pensé que era distinta, y sin embargo se prestó para esta pantomima* –siente que se le encoge el corazón y lucha para no llorar. Prosigue su tarea disimulando que nada le importa.

Mientras tanto, en el nuevo departamento de Ester, Jeremías, que está de visita, después de saludar a su madre, inicia pensativo la conversación.

—No entiendo por qué Jacob se quiso casar con Rut, si todos sabemos que él es gay.

—¿Crees que Rut también lo sabe?

—No lo creo, porque no se hubiera prestado para esto.

—Y, ¿por qué crees que se ha casado?

—No lo sé… pero calculo que algo tiene que ver Rebeca. Siempre trató de disimular las costumbres de su hijo preferido y al casarse, todos pensarán que eran sólo habladurías —se detiene, meditando—. Y nada mejor que Rut para esto, pues además de ser tan inocente, es de otra localidad y así la pudieron engatusar fácilmente.

—Pero sus mismos modales lo delatan.

—Sí, mamá, pero Jacob jugó muy bien su papel. Además, Rebeca se encargaba de disimular cualquier actitud de su hijo que pudiera delatarlo.

—No me explico cómo una madre puede consentir algo así.

—Es que hay madres y "madres" —recalca Jeremías esta última palabra—. Y a Rebeca lo único que le importa son las apariencias —piensa por un rato y luego añade—. Cuando me enteré que se iban a casar, le pregunté a Rut si había orado por su pareja, pero no supo contestarme. Y creo que ahora está sufriendo las consecuencias, porque no se la ve nada feliz —Jeremías se despide de su madre con un suspiro—. En fin, ya nada se puede hacer.

Pasan los días y todo sigue igual. Rut ya no sabe qué hacer. Cuando le contó sus dudas a su madre, ella la reprochó diciéndole que debía tener la culpa de que su esposo la ignorara.

Un día, para entretenerse un rato, Rut sale a caminar, mirando vidrieras como al pasar, sin rumbo fijo. Salió de su casa porque ya no aguantaba el silencio y la soledad. Jacob desaparece todas las noches y vuelve casi a la madrugada, siempre acompañado de sus *amigos*. No sabe bien en qué o dónde trabaja, porque cada vez que se lo pregunta Rut, la evade y se retira disgustado. *Lo más posible es que lo mantenga su madre* –piensa dolida–. *¡Qué distinto a Elías, que es el primero en llegar al negocio y el último en irse!* –se enoja consigo misma por volver a las comparaciones. Ahora debe pensar solamente en su esposo. Pero, ¿qué puede hacer? De repente, llama su atención un negocio de lencería. Se acerca y observa. Entra decidida y sonriente para *comprarse algo bien sexy y llamativo*. Una empleada se acerca gentilmente y ella le indica lo que desea: Un conjunto de gasa y encaje color rojo. Si con esa ropa no lo atrae, se dará por vencida.

Esa misma noche estrena su compra y se acuesta esperanzada de que su esposo no tarde demasiado en llegar. Dormita varias veces hasta que escucha la puerta del garaje que se cierra. Cada vez se pone más nerviosa, pero está dispuesta a todo. Llega Jacob y después de cambiarse, abre las sábanas para acostarse y se da cuenta que Rut lo estaba esperando. Mira su nueva lencería y comenta:

—Estás muy linda con ese conjunto, pero si te lo compraste por mí, perdiste el tiempo –se acuesta dándole la espalda.

Rut se hunde en las sábanas, mordiendo la almohada y mojándola con su llanto. Era el último intento. Ya no aguanta esta situación. Al otro día se levanta decidida:

–Voy a hablar con Jeremías, mamá. Le voy a preguntar qué tengo que hacer para solicitar el divorcio.

–¿Te has vuelto loca…? –Sara se niega a aceptar la decisión de su hija.

–No, mamá –por primera vez le habla con calma–. Hice lo que me sugeriste y no dio resultado. No tiene sentido seguir con esta farsa de matrimonio.

–Solo piensas en ti –solloza su madre–. ¿Qué va a ser de mí ahora? ¿Crees que me será fácil acostumbrarme de nuevo a la pobreza? Aquí tengo de todo. ¡No tienes corazón! –a esta altura ya llora desconsoladamente.

–Mamá, por favor… –Rut trata de hacerla razonar–. ¿No te das cuenta lo que yo estoy sufriendo?

–¡Como pue…des sufrir si tie…nes de to…do! –las palabras se le entrecortan por el llanto.

La joven cuelga el teléfono, toma su cartera y sale decidida.

–Esta vez no te saldrás con la tuya, mamá –murmura entre dientes, dando un portazo.

Saca el coche que Jacob ha dejado a su disposición y se dirige resueltamente al bufete donde trabaja Jeremías. De a poco va disminuyendo la marcha hasta que estaciona en la banquina. Apoya su cabeza en el volante.

–No puedo ser tan cruel –razona arrepentida–. Lo que dice mamá es cierto. ¿Cuándo tuvo tanto para disfrutar? Creo que lo único que me resta es seguir aguantando –pone de nuevo en marcha el vehículo y gira en sentido contrario–, ve todo nublado porque las lágrimas obstruyen su visual. Sin darse cuenta pasa un semáforo en rojo y escucha los bocinazos e insultos provenientes de otros autos; en ese momento ya nada le importa. Tendrá que seguir con la actuación: Cuando hay gente, todo normal. Cuando están solos, indiferencia total.

Cuando estaciona el vehículo en el camino que lleva al garaje, advierte que doña Rebeca y su madre están en la puerta. Ambas lloran abrazadas. Rut imagina el motivo:

–No se preocupen –les dice al pasar–. No me voy a divorciar.

Ni bien pronuncia esas palabras las dos vienen a abrazarla.

–Gracias, hija.

–Gracias, Rut.

La joven se desprende de ambas y entra en su vivienda.

Ese domingo, como siempre, después de la reunión, Rut prefiere volver con Jeremías y Ana. A esta altura, el joven se ha comprado un vehículo por lo que no deben tomar el colectivo. Maneja con una mano, mientras con la otra acaricia el vientre de su esposa, que por lo que puede observar Rut, le falta muy poco para ser mamá.

–¿Cuándo va a nacer? –le pregunta con envidia a su nueva prima.

–Según el médico, para dentro de un mes, más o menos –contesta Ana girando un poco la cabeza para que Rut escuche mejor–. Te aseguro que no veo la hora que nazca mi nena –Ana no puede disimular su ansiedad.

–Me imagino –comenta Rut, volviendo su cabeza hacia la ventanilla. ¡Cómo le gustaría tener ella la misma suerte! *Ser madre… ¡Qué hermoso debe ser!* –medita suspirando. Espanta las lágrimas que quieren brotar de sus ojos. Sus primos no deben darse cuenta por lo que ella está pasando.

Jeremías la observa por el espejo retrovisor.

–¿Y cuándo piensan ustedes encargar un bebé? –pregunta a

propósito a su prima, porque desde hace tiempo sospecha que algo anda mal en esa pareja.

–Jacob quiere que esperemos un poco –contesta Rut, tratando de disimular lo más que puede.

Después de dejar a su prima, Jeremías se dirige al nuevo departamento que comparte con su esposa. Su madre ha preferido quedarse donde vivían antes. Ester es una mujer muy sabia y sabe que no es conveniente molestar a su hijo ni a su nuera. De todas maneras, Jeremías pasa todos los días a visitarla, aunque sea un momento, y Ana ya ha espaciado un poco las visitas por su embarazo. Cada vez le cuesta más subir las escaleras hasta el tercer piso.

El departamento que alquilan los esposos queda en la planta baja, así que Ana no debe hacer ningún esfuerzo extra. Al llegar a él, la joven advierte el silencio de su esposo.

–¿Qué te preocupa, mi amor? –pregunta, mientras él trata de abrir la puerta–. Desde que dejamos a Rut no has dicho una sola palabra –le reprocha la joven con dulzura.

–No sé –Jeremías logra vencer a la cerradura y le da paso a su esposa, besándola suavemente–. Sospecho que algo no anda bien entre Jacob y Rut –comenta, colgando las llaves–. Mi prima ha cambiado totalmente desde que regresó de su luna de miel. Cuando los vemos juntos aparentemente todo es normal, pero… no sé –vuelve a dudar –. Rut antes era pura risa, hacía bromas constantemente, pero ahora está siempre seria. A veces con el ceño fruncido. Tengo la impresión que algo no *"encaja"* en ese matrimonio –concluye con un movimiento de cabeza.

Ana lo mira extrañada.

–Quizás Rut ya ha descubierto las tendencias de su esposo.

–Es lo más probable. Pero, de ser así, no me explico por qué continúa con esa farsa de matrimonio. Tengo la impresión que es para complacer a la tía Sara, como siempre lo ha hecho.

–¡Cada casa es un mundo! –exclama Ana–. Y nosotros no tenemos por qué interferir.

–Sí, tienes razón, mi amor –Jeremías abraza a su esposa y caminan muy juntitos hacia la cocina.

Pasan algunos meses más y un día sucede lo esperado. Ana comienza con su trabajo de parto… Jeremías, muy nervioso, ayuda a su esposa llevando los bolsos que, con tanto amor, prepararon ella y Ester. Como saben el sexo de su hija, casi todo es de color rosa, color que generalmente distingue ese sexo.

Llegan a la clínica y mientras revisan a su esposa, Jeremías se encarga de llamar a su madre y a Rut, sabiendo que ambas estaban esperando ansiosas este momento.

CAPÍTULO 6

La decisión de Rut

Ester y Rut están sentadas en la sala de espera de una clínica céntrica. Jeremías ha entrado con su esposa a la sala de partos. Las dos están muy nerviosas y calladas, hasta que escuchan el llanto de un bebé.

–¡Ya nació! –exclama la joven alborozada.

Tía y sobrina se levantan apresuradamente, pero cuando quieren entrar a la sala de partos, una enfermera las detiene.

–Tienen que esperar en la sala –les señalan los asientos–. Después que atiendan a la señora y a su beba, podrán entrar –le explica en forma amable pero enérgica la enfermera, mientras desaparece luego de cerrar la puerta.

Las dos vuelven a sus sillas y tratan de charlar para amenizar la espera. No tienen que esperar mucho para ver aparecer a Jeremías con su hijita en brazos, toda vestida de rosa. El joven tiene los ojos húmedos de la emoción.

–¿No es preciosa, mamá? –la abuela la toma delicadamente en los brazos y desliza un pequeño beso en la frente de su nieta.

–Ya lo creo, hijo. Es hermosa –también ella está muy emocionada, es su primer experiencia como abuela.

–¿Me la presta un ratito, tía? –ruega Rut. Cuando Ester se la entrega, la toma en sus brazos y siente que el corazón se le encoge en el pecho. ¡*Cuándo podré tener un hijo mío en mis brazos*! –piensa desilusionada. Admira cada detalle de sus manitos, de su carita, etc. Y por las galas que luce se da cuenta que tía Ester tuvo mucho que ver con ese vestuario.

Jeremías mira a su prima, que en ese momento despliega tanta ternura y pregunta a propósito:

–¿Cuándo tendrás el tuyo?

Rut mira a su primo como diciéndole *tú sabes la respuesta*. Apenas sonríe, y no hace ningún comentario. Para disimular su problema, vuelve la mirada a su sobrina.

–¿Qué nombre le pondrán? –pregunta a la vez para desviar la conversación que tanto la incomoda.

–Hadasa –responde el padre muy orgulloso–. La queríamos llamar Ester, como mamá, pero como ella se opuso, le pusimos el mismo nombre, pero en hebreo –Jeremías ríe y se divierte al ver el gesto de su madre.

–Hadasa –repite Rut, como llamándola.

–¿Podemos pasar a ver a Ana? –Ester se muestra ansiosa.

Jeremías les cede el paso, dejando que Rut lleve en brazos a su beba. Saludan y felicitan a la reciente mamá que sonríe muy orgullosa. Hadasa comienza a llorar y viene la enfermera.

–Tiene que ponerla a mamar –le indica a Ana, tomando la recién nacida y depositándola en el regazo de su madre.

Rut mira esa escena y, como no quiere llorar delante de sus primos, se apresura a saludarlos y se despide. Jeremías la ve alejarse y aunque no hace ningún comentario, imagina los sentimientos de su prima.

Pasa el tiempo sin que nada cambie. Rut va casi todos los días al departamento de sus primos y comenta el crecimiento de Hadasa. Ya le han festejado su primer añito con globos, tortas, payasos y golosinas.

En una de esas visitas, Jeremías se da cuenta que Rut tiene los ojos enrojecidos y sospecha que es de tanto llorar. Mientras juega con su hijita, en el patio del departamento, le hace señas a su esposa para que lleve la nena adentro. Ana capta la indirecta y tomando de la mano a su hija, le dice:

—Vamos, mi amor, que tengo que bañarte y cambiarte —Hadasa estira sus bracitos y su madre la alza desapareciendo en el interior de la vivienda.

Jeremías viene hasta donde se ha sentado Rut y levanta su mentón.

—¿Qué ha pasado esta vez? —indaga interesado. Rut mueve su cabeza en una negación. Como si nada hubiera pasado— A mí no me engañas, prima…

Rut suelta el llanto y abraza a su primo. Él deja que descargue su angustia y cuando se dispone a conversar de nuevo, suena el celular.

Atiende y su rostro cambia totalmente.

—Tu madre se ha descompuesto. La llevaron a la clínica —Jeremías corre, saca las llaves de su auto y vuelve. Tomando a Rut de un brazo, dice gritando hacia el interior de la casa— Ana, nos vamos a la clínica. Algo le pasó a la tía Sara.

Al llegar a la clínica y ver todo el movimiento, calculan lo peor. Preguntan en informes, a la entrada, y le indican la sala donde internaron a Sara.

Jeremías corre llevando casi en vilo a su prima. Al ir llegando a la habitación, ven a Rebeca llorando y a los enfermeros que sacan una camilla con un cuerpo tapado.

–¡Oh, no… –Rut corre a toda prisa y abraza el cuerpo inerte– ¡Mamááá…! –grita con desesperación.

Los enfermeros se detienen, comprendiendo la situación. Jeremías espera unos momentos y va hasta donde está su prima. La desprende del cuerpo de su madre y la abraza muy fuerte.

–Tienes que ser valiente –le indica, también llorando y revolviendo la cabeza enrulada de Rut.

———

Cuando ya han enterrado a Sara, los dos primos caminan lentamente hacia la salida.

–¿Y Ana, por qué no vino? –pregunta Rut con su voz entrecortada.

–Se quedó con Hadasa –explica Jeremías–. No quisimos que participara de algo tan triste que podría dejarle malos recuerdos.

Rut asiente y continúa caminando muy despacio.

–Cuando salí ayer –vuelve a hablar en forma entrecortada– mamá me dijo que no se sentía bien. Pero, como siempre decía lo mismo, no le creí –esconde su cara en el pecho de su primo– ¡Pobre mamá! ¡Tendría que haberla llevado al médico! Quizás se hubiera salvado.

Jeremías levanta el mentón de Rut y le reprocha en voz baja:

–Tú eras su hija, no su madre. ¿Cuándo vas a asumir que no era tu responsabilidad?

–Es que ella era muy débil. Primero dependió de papá y cuando a él lo llevó el Señor, se aferró a mí –explica Rut, tratando de justificarse.

Jeremías la abraza.

–Por favor –le suplica–, no te eches la culpa también de esto. Ya tienes bastante –se detiene un momento y agrega–: Todo esto me hizo pensar en la tremenda influencia que tienen los padres sobre los hijos. Bien dice la Biblia que deben ser ejemplo para ellos. De nada sirven las palabras si los hechos dicen lo contrario. Y menos a los de su propia casa, que los conocen tal cual son, porque ven sus actitudes y escuchan sus palabras desde que se levantan hasta que se acuestan.

–Por eso siempre recuerdo a papá. Cuando disponía de un momento libre, leía su Biblia –y como recordando algo, añade–: Me hizo estudiar de memoria el pasaje de Deuteronomio 6 donde dice: "Y amarás a… Dios de todo tu corazón, y de toda tu alma, y con todas tus fuerzas". Y agrega, "y estas palabras que yo te mando hoy, estarán sobre tu corazón ; y las repetirás a tus hijos, y hablarás de ella estando en tu casa, y andando por el camino, y al acostarte, y cuando te levantes". Te aseguro que papá siempre cumplió ese mandamiento. En cambio mamá… –se detiene porque se le corta la voz.

–¿Crees que tu madre era del Señor? –pregunta Jacob, preocupado.

–Yo creo que sí –responde Rut, convencida–. Recuerdo cuando recibió al Señor, cómo cambió su actitud. Pero después, creo que no se dejó moldear por el Espíritu Santo y volvió a su carácter agrio.

–¡Menos mal que la influencia del tío Ramón pudieron más sobre ti que la influencia de tu madre!

Han llegado al portón de entrada del cementerio y Jeremías abre la puerta de su auto para que ingrese Rut. El viaje transcurre en un completo silencio. De vez en cuando se escuchan sollozos de la joven y su primo la palmea, consolándola.

Al llegar Rut a su hogar, el silencio la golpea. Va hasta su habitación y muy dolorida se tira en la cama.

Cuando despierta al otro día se da cuenta que su esposo no vino en toda la noche y en ese momento advierte: *No fue ni a la sala velatoria, ni al entierro de mamá.* En otro momento esto le hubiera dolido, pero ahora se da cuenta que ya no le importa. Lo que siempre la detuvo e pedir el divorcio fue su madre.

De repente, cambia su dolor por una tenue sonrisa. Ahora se da cuenta que, al no estar ya Sara, nada puede impedir que se divorcie. Se viste rápidamente. Toma unos sorbos de café y sale en su auto. Se dirige al bufete donde trabaja su primo. Cuando llega, pregunta a la recepcionista:

–¿Cuál es la oficina del Dr. Jeremías Saine?

La joven le indica la puerta correspondiente y allá va Rut apuradísima. Abre sin golpear y eso hace que su primo levante la vista de unos papeles que está revisando.

–Rut, ¿qué te trae por aquí? –indaga el joven, extrañadísimo al ver el rostro transpirado de su prima.

–Necesito hacerte una consulta profesional –le menciona, mientras se sienta en una silla frente al escritorio–. ¿Qué tengo que hacer para solicitar mi divorcio?

La pregunta desequilibra un poco al abogado.

–¿Te quieres divorciar?

Rut asiente muy ansiosa. Jeremías se levanta y rodea el escritorio. Se apoya en él y la aborda.

–Eso deberías haberlo hecho hace bastante tiempo –ante el asombro de su prima, continúa–. ¿Crees que no me di cuenta lo infeliz que eres al lado de Jacob? ¿Ya descubriste las tendencias de tu esposo?

Rut evade la respuesta y le cuenta en detalle todo lo que fue el infierno de su matrimonio hasta ese momento, concluyendo:

–Tienes razón que debería haberme divorciado hace tiempo, pero siempre estaba mamá de por medio. La veía tan feliz con su nueva vida que no me animaba a darle un disgusto –se disculpa, tratando que su primo la entienda–, pero ahora ella ya no está.

Jeremías vuelve a rodear el escritorio. Se sienta en su silla tapizada, abre un cajón, saca unos papeles y en pocas palabras le explica a su prima los trámites que deberá realizar.

–El problema será si él no acepta el divorcio –aclara.

–Seguro que no va a aceptar –Rut sabe que cuando Rebeca se entere, se opondrá y como Jacob sigue todos sus caprichos, ya calcula el resultado–. El problema no será solamente que Jacob no acepte, lo peor será cuando se entere mi suegra. ¡Allí se arma la tercera guerra mundial! –Jeremías que estaba llenando unos papeles, suelta una carcajada.

–Tienes razón.

–Te aseguro que cuando leo en la Biblia la historia de Rebeca y Jacob, creo que no podrían parecerse tanto –y luego de meditar un poco, añade–. Aunque en vez de Rebeca mi suegra tendría que llamarse Jezabel.

Jeremías sigue riendo sin parar.

—No es para tanto —replica, aunque no está tan seguro de que su prima no tenga razón.

—Ella domina toda la familia —aclara también riendo—. El único que se le planta siempre y no le hace caso es Elías, con él no puede.

Van disminuyendo de a poco las risas, y como recordando algo, Rut añade:

—El otro día tuvo la caradurez de preguntarme cuándo iba a ser abuela, como si no supiera que su hijo ni me ha tocado.

Al escuchar esto Jeremías se levanta rápidamente.

—¿Quiere decir que…? —no termina la frase cuando su prima asiente con la cabeza— Entonces todo será más fácil.

—¿Por qué? —Rut no entiende las palabras de su primo.

—Porque en vez del divorcio, puedes pedir la anulación de tu matrimonio —le explica su primo— y a eso nadie se puede oponer.

En pocas palabras le indica los trámites que debe realizar y Rut sale del estudio como pisando entre las nubes: ¡Por fin terminará su calvario! Ahora solamente tiene que esperar que Jeremías haga todos los trámites y finalmente será libre. Esto le parece increíble.

CAPÍTULO 7

Enfermedad sospechosa

PASA CIERTO TIEMPO Y RUT, COMO TODOS LOS DÍAS, VUELVE de la tienda y estaciona su auto en el garaje. Al entrar en la vivienda, es sorprendida por la mucama que la aborda con su cara desencajada.

–Habló doña Rebeca. Me pidió que le comunicara que su esposo se ha descompuesto y lo llevaron a la clínica.

–¿A don Abraham? –pregunta Rut muy extrañada.

–No señora –aclara la mucama–, a "*su esposo*", a don Jacob.

La joven esposa hace una mueca de sorpresa y gira en dirección al garaje nuevamente.

Al llegar a la clínica la recibe Rebeca.

–¡Mi hijo! ¡Mi hijo! –solloza la madre desconsolada.

–¿Qué le pasó? –la joven deja que su suegra llore en su hombro un rato.

–La leucemia… la leucemia, lo atacó otra vez –explica Rebeca, con su voz casi apagada en la blusa de Rut.

–¿Leucemia? –pregunta incrédula Rut.

La madre afirma con la cabeza. Su nuera la deja llorando y entra a la sala donde se encuentra su esposo. La escena que se presenta ante sus ojos es bastante desagradable. Jacob está blanco como un papel, sus ojos amoratados, tubos por todos lados y en su boca la mascarilla de oxígeno.

Pero… ¿cuándo pasó todo esto? —se pregunta, extrañadísima. La última vez que lo vio gozaba de completa salud. Después advierte que de eso ha pasado bastante tiempo. Como esa ausencia era habitual en él, Rut ya no se daba por enterada.

La joven no sale de su asombro. Entra Rebeca, seguida de don Abraham y Elías. Rut disimula su nerviosismo lo más que puede. Se retira hacia un costado para darle lugar a los recién llegados. Rebeca sigue llorando y por lo que puede apreciar Rut, esta vez no está fingiendo.

Al rato, aparece Jeremías.

—¿Qué ha pasado? —le susurra a su prima.

—No lo sé —la joven hace un gesto con su boca y se encoje de hombros—. Hace unos días estaba perfectamente bien.

Jeremías se acerca a la cama y observa la escena. Muy pensativo toma el informe médico que se encuentra colgado en el respaldar. Lo observa por un rato. Vuelve a colgarlo, toma a su prima del brazo y la lleva hasta el pasillo.

—¿Te das cuenta lo que tiene tu esposo? —le pregunta entre dientes.

—No sé, Rebeca dice que es leucemia —explica la joven también en voz muy baja—. Pero cuando leí el informe médico, no entendí nada, porque todo parece estar en clave.

—Justamente —replica el joven alterado—, ¿sabes cuándo los médicos escriben en clave? —Rut se encoge de hombros como respuesta—, tu esposo no tiene leucemia, Rut… él tiene SIDA.

El rostro de Rut se desencaja, pero Jeremías le tapa la boca para que no vaya a gritar.

–Shhh… –le susurra su primo– no hagas ningún escándalo. ¿Te das cuenta que lo han puesto en una habitación totalmente aislada?

La joven tiene que ir a sentarse porque siente que su cuerpo se le afloja y ya las piernas no la sostienen. En ese momento salen de la sala los esposos Llovrovic y su hijo Elías. Los mayores llorando, mientras el más joven está muy serio. Inmutable.

–Esa maldita enfermedad –sigue sollozando la madre–, yo creía que ya la había superado.

Don Abraham la conduce por el pasillo, mientras Elías observa a Rut con los brazos cruzados y se retira sin decir una palabra, pero moviendo la cabeza.

–Te aseguro que Elías piensa que tú sabías la enfermedad de Jacob –comenta Jeremías, mientras sostiene todavía el cuerpo de su prima que parece una gelatina–. En realidad todos lo sabíamos, pero nadie decía nada por respeto al resto de la familia.

Rut no contesta. Se halla tan afectada que no atina ni a hablar. De a poco se va recuperando y vuelven los colores a su cara.

–¿Sabes lo que estoy pensando, Jacob? –le susurra bien cerca de su oído para no ser escuchada–, que el Señor fue demasiado bueno conmigo –ante la mirada incrédula de su primo, agrega–, ¿te das cuenta qué me hubiera pasado de haber tenido relaciones con Jacob?

Jeremías comprende.

–Tienes razón. Lo que parecía una situación inaguantable se convirtió en una bendición. El Señor te cuidó misericordiosamente –termina el joven su comentario abrazando a su prima.

En ese momento, una enfermera se acerca.

–¿Usted es la esposa del joven internado? –pregunta, dirigiéndose a Rut. Cuando ella asiente, agrega–, vengo de su habitación, la está llamando.

La joven se levanta y al ver que Jeremías tiene intención de seguirla, le hace señas que se quede sentado.

Cuando está llegando, Jacob se saca la mascarilla de oxígeno y haciendo un esfuerzo, le dice:

–No te acerques –Rut comprende al instante que su esposo no quiere que ella corra el riesgo de contagiarse–. Lo que tengo que decirte es muy breve –continúa el joven con voz entrecortada–: Perdó…name Rut, Perdó…name.

La joven ve en los ojos de Jacob el clamor de un agonizante y no puede evitar el llanto. Simplemente asiente con su cabeza, tomando y apretando suavemente la mano de su esposo. Él vuelve a colocarse la mascarilla de oxígeno y respira profundamente dos o tres veces.

Vuelve a entrar la enfermera y le pide a la joven que se retire.

Afuera todavía se encuentra Jeremías, muy nervioso. Cuando ve salir a su prima con su cara desencajada, va hacia ella y la vuelve a abrazar apoyando su mentón en la cabeza enrulada.

–Me pidió perdón, Jeremías, me pidió perdón –explica ella sollozando–. ¿De qué me sirve ahora? ¡Ojalá le pidiera perdón al Señor, no a mí!

El joven deja que su prima se desahogue y la lleva por el pasillo hacia la salida.

Lo imaginable sucede en unos días más. De pronto Rut se encuentra en la sala velatoria repleta de gente, frente al cajón cerrado de su esposo. Todos vienen a darle sus condolencias y ella contesta asintiendo, sin hablar. Escucha a Rebeca que llora a gritos, y se tapa los oídos. Las horas transcurren rápidamente y después del entierro, Jeremías, que no se ha separado un momento de su prima, comprendiendo que necesita más que nunca su apoyo, la toma del hombro mientras la conduce a su auto que está estacionado frente al cementerio, comenta:

–¿Te acuerdas lo que conversamos hace tiempo en este mismo lugar?

Rut asiente.

–¡Qué tremenda influencia que ejerció Rebeca sobre su hijo! Eso hizo que su inseguridad, lo llevara por mal camino.

–Lo peor de todo, es que sabiendo su problema, en vez de ayudarlo, lo consentía y hacía lo imposible para que nadie se enterara. Hasta lo hizo casar contigo.

–Sí, pero yo me di cuenta que todos sabían el problema de Jacob, por las miradas de compasión que me dirigían los hermanos en la iglesia y los empleados de la tienda. Calculo que ahora también deducen de qué falleció.

–No hace falta ser sabio, al ver que lo velaron con el cajón cerrado, para evitar el contagio.

–La única estúpida que no me di cuenta fui yo –reflexiona Rut, enojada consigo misma.

–Es porque no tienes maldad. Además, el circo que armaron Rebeca y su hijo, fue perfecto.

–Delante de los demás, pero en la intimidad, yo me tendría que haber dado cuenta. No puede ser que una pareja duerma en la misma cama tanto tiempo y no pase nada.

Los primos llegan a la entrada del cementerio y suben en el auto estacionado.

–¿Qué tengo que hacer ahora? –pregunta la joven, una vez que el vehículo está en marcha.

–Nada –le contesta su primo–. Ya no hacen falta los papeles de anulación de matrimonio.

–Pero… –protesta suavemente Rut– en realidad yo nunca fui su esposa.

–¿Y eso, quién lo sabe? –acota el joven sin mirarla–. No empieces ahora con tu sentimiento de culpa, por favor.

Llegan al departamento de Ester, donde la joven le ha pedido que la lleve. Sale su tía y abrazándola la conduce hacia adentro, antes saluda con la mano a Jeremías que sigue su camino.

Mientras tanto, la familia Lovrovic ha llegado a su residencia. Don Abraham acompaña a su esposa al dormitorio, donde la deja para que descanse y vuelve a la sala de estar donde se encuentra Elías. El joven mira hacia afuera por un ventanal sin poder ocultar su disgusto. –*Leucemia* –piensa muy molesto– *¿Quién se va a creer semejante farsa?* –Como esto último lo ha dicho en voz baja, pero audible, don Abraham se le acerca.

–Por favor, no digas nada –le suplica a su hijo–. Deja que la mentira de tu madre por lo menos le sirva de consuelo.

–Ella, mejor que nadie, sabía la enfermedad de Jacob –replica Elías sin dejar de mirar por la ventana–. Además, ¿a quién crees que engaña, si todos ya saben la tendencia que tenía mi hermano?

–Bueno… –se disculpa don Abraham–, pero era su madre.

El joven se da vuelta y mira a su padre como preguntando: *¿Y eso justifica todo?* –pero no dice nada, respetando su dolor. Va hasta uno de los sillones y afligido se tira en él.

–Lo que no me explico es cómo Rut continuó con esa farsa –comenta el joven con voz dolida.

–¿Tu crees que ella lo sabía? –pregunta don Abraham tratando de excusar a la joven, sabiendo los sentimientos de su hijo para con ella.

Elías toma su cabeza con ambas manos y las corre hacia atrás despeinándose.

–No lo sé papá. Quiero pensar que no –se detiene y exclama–. ¡Mejor dicho! ¡Deseo que no! –y levantándose concluye–: Me voy a descansar. ¡Hasta mañana, papá!

Cuando don Abraham se queda a solas, no puede evitar sus pensamientos.

–¡Pobre Elías! ¡Si pudiera ayudarte! –exclama en un suspiro–. Hace tiempo que me di cuenta que estás enamorado de Rut.

Queda un momento pensativo, pero de repente, su rostro se ilumina. ¡*Ya tengo la solución*! Con una sonrisa de complicidad, toma su saco –que ha dejado en un sillón– y se dirige a su habitación.

CAPÍTULO 8

Una ley olvidada

A LOS DOS DÍAS, SE ABRE NUEVAMENTE EL NEGOCIO. CUANDO llega don Abraham, encuentra a su hijo, como siempre, sentado frente a la computadora. Lo mira sonriente sin que el joven se dé cuenta y se dirige a su secretaria, por el intercomunicador:

—Aldana… Haga el favor de decirle a la señorita Rut que suba.

Al escuchar ese nombre, Elías gira rápidamente.

—¿No me digas que ha vuelto a trabajar? —pregunta el joven muy ansioso.

Don Abraham simplemente le contesta con una sonrisa.

—¿Qué te pasa que te veo tan feliz últimamente? —vuelve a preguntar Elías, sin terminar de entender—, parece que no sientes mucho la partida de Jacob. Pero como ha entrado Rut, se detiene y vuelve aparentemente a su trabajo. Se da cuenta que su padre se trae algo entre manos, pero no advierte qué puede ser.

—¿Me llamaba, señor? —pregunta la joven, sentándose en una silla frente al escritorio.

—Sí, Rut —don Abraham se inclina hacia adelante para que su nuera escuche bien lo que tiene que decirle—. Tú sabes bien que nosotros somos judíos, ¿verdad?

–Oh, sí, señor –contesta Rut desorientada–. Me doy cuenta que, además de pertenecer a la iglesia del Señor, también pertenecen al pueblo escogido de Dios.

Don Abraham asiente satisfecho.

–También guardamos tradiciones y leyes de nuestro pueblo –aclara el hombre, mientras Rut lo mira sin comprender a dónde quiere llegar–. Bueno, una de esas leyes es el *"levirato"*.

Cuando pronuncia esta palabra, Elías casi se cae de la silla. Como Rut le da la espalda, no advierte nada.

–Y eso… ¿qué significa? –pregunta a su suegro inocentemente.

–Es una ley que existe en nuestra raza –sigue explicando el dueño de la tienda–. Significa que cuando muere algún hombre de la familia, el hermano tiene que casarse con la viuda para que no se pierda la descendencia del difunto.

Elías sonríe ante la ocurrencia de su padre. ¿Desde cuándo ellos han respetado el *"levirato"*? Ahora comprende la sonrisa de complicidad de los últimos días. No pronuncia ninguna palabra, pero no puede esconder la satisfacción que le produce lo que ha tramado su progenitor.

–¿Quiere decir…? –la joven no encuentra las palabras adecuadas.

–Sí, Rut, tendrás que casarte con Elías. De esa manera no se perderá la descendencia que podría haber tenido Jacob –ella gira su cabeza para mirar al joven contador que sigue escribiendo, aparentemente sin inmutarse–. Por supuesto –sigue explicando don Abraham–, tendrás treinta días para llorar a tu esposo. Después ustedes decidirán cuándo será la boda.

Luego de unos momentos de meditación Rut se levanta y muy pensativa camina lentamente hacia las escaleras. Cuando ya ha llegado a la tienda, Elías se levanta y enfrenta a su padre.

—¿Desde cuándo respetamos la ley del levirato? —le dice sonriendo de complicidad.

—Desde ahora —don Abraham suelta una carcajada—. ¿No me digas que no te gusta la idea?

Elías también ríe y abraza a su padre.

—Debo reconocer que tuviste una idea brillante —le señala mientras le palmea la espalda.

El joven vuelve a su escritorio sonriendo y sigue con su trabajo. Cada vez su rostro va cambiando de expresión, hasta que por fin le dice a su padre:

—Papá, por mucho que hago cuentas y trato de pensar cómo evitar esta bancarrota, no le encuentro salida. Tendremos que hacer algo urgente, porque los vencimientos se nos acercan y no tenemos cómo cubrirlos.

—¿Tan grande es el problema? —pregunta su padre mientras se dirige frente a la computadora que maneja su hijo.

—Mira —le indica Elías, señalándole la pantalla—, no hay manera que los números me den positivo. La competencia que se nos ha puesto al frente, no sólo nos ha quitado mucha clientela, sino que no podemos competir con sus precios.

Don Abraham mira varias veces la pantalla.

—Me imaginaba que estábamos mal, pero nunca pensé que a tal punto. Esa gente nos está fundiendo.

—Debemos tomar medidas drásticas, de lo contrario vamos seguro a la quiebra. Y ya te puedes imaginar las consecuencias.

—Pero… ¿qué medidas podemos tomar?

—La principal, quitarle las tarjetas a mamá, mira la cifra de sus gastos.

Don Abraham detiene su vista en los números que le muestra su hijo.

—¿En qué puede gastar tanto mi señora?

—En todo, papá. Ella nunca se midió en los gastos. Especialmente en joyas. Y como todo lo que compra es oro —Elías se encoge de hombros—, ahí tienes los resultados.

—De todas maneras, con eso sólo no solucionamos los problemas —comenta don Abraham, mientras vuelve a sentarse en su escritorio.

—No. Pero si no paramos esos gastos, la cuenta negativa se incrementará cada vez peor. Debes sacarle las tarjetas de crédito, papá —concluye drásticamente.

—No sé cómo —duda el padre—. Me imagino el escándalo que va a armar Rebeca.

—Eso es lo de menos. Peor es llegar a esta situación —Elías hace girar su silla para quedar de frente a su padre—. Si prefieres, se lo digo yo.

—No, no. Algún día tengo que saber imponerme a mi esposa.

Elías vuelve su mirada a la pantalla y piensa: *Ojalá se ponga los pantalones de una buena vez.*

Al llegar la hora de cierre, Elías invita a Rut a tomar algo fresco en la confitería de la esquina del negocio. Cuando ya se encuentran sentados frente a frente, el joven le toma ambas manos acariciándolas suavemente.

—Quiero decirte algo muy importante, Rut… —la joven lo mira ansiosa—. Aunque nosotros somos judíos, tú no estás obligada a cumplir nuestras leyes, porque solamente lo eres en parte —le dice, refiriéndose a sus progenitores—. Por lo tanto, si no estás de acuerdo, no es necesario que te cases conmigo.

Rut contesta al instante.

–¡Oh, no! Yo estoy totalmente de acuerdo –no quiere admitir la posibilidad de no poder cumplir con sus sueños–. Además, creo que don Abraham se llevaría una gran desilusión.

Elías aprieta nuevamente las manos femeninas y añade, sin ocultar el alivio que siente ante la respuesta tan espontánea de Rut.

–También quiero pedirte que oremos por un tiempo, para saber si es la voluntad del Señor que seamos esposos. Para mí, y sé que para ti también, es muy importante no equivocarme ante esta decisión trascendental.

Rut baja la vista avergonzada, recordando que durante el noviazgo anterior Jacob jamás le pidió algo así, ni ella hizo caso a todas las señales que el Señor puso en su camino.

–Haré como tú dices –contesta tímidamente tratando de disimular lo que produce en su interior el roce de las manos de Elías.

Éste se las suelta y añade:

–Siempre anhelé orar por cada detalle y cada situación con aquella mujer que el Señor me diera como esposa.

Rut no puede contener su satisfacción. ¡Cuánto deseó en su vida escuchar algo así! Ahora comprende que ese joven sí es el que el Señor le reservó para ella.

Como ya han terminado los refrescos, el joven contador se levanta, corre la silla de Rut y la ayuda a incorporarse. Es lo mismo que hacía Jacob, pero qué distinta la manera espontánea de Elías, a la exageración con que lo hacía su hermano.

–Yo tengo que volver a la oficina a terminar unos trabajos. ¿Quieres que te lleve hasta tu casa?

–No, no te preocupes. Jeremías vendrá a buscarme para charlar un rato.

El joven la toma suavemente del brazo y caminan hasta la tienda. Su primo ya la está esperando. Elías se despide dándole un beso en la mejilla que produce un temblor en la joven, y sin percibirlo, saluda a Jeremías y entra en la tienda.

El joven abogado camina al lado de su prima y advierte que ella permanece en silencio, a pesar de todas las bromas que trata de hacerle.

–¿Qué te pasa, Rut? –pregunta Jeremías intrigado–. Desde que salimos del negocio no has pronunciado una sola palabra.

–Es que… –la joven mueve su cabeza– hay algo que no entiendo. Esta mañana don Abraham me dijo que tengo que casarme con Elías, porque ellos respetan la ley del "*enviudado*", o algo así.

Jeremías suelta una carcajada.

–¿La ley del que…?

–Bueno, no sé bien cómo se llama.

Sin dejar de reír, el joven aclara:

–¿No será la ley del levirato?

–Sí, esa es la palabra que utilizó don Abraham –y cambiando completamente la expresión de su rostro, prosigue–. En verdad, no me importa mucho cómo se llame esa ley ni por qué los Lovrovic la cumplen. Lo único que me interesa –aspira profundamente– es que gracias a esa ley, me voy a casar con Elías.

Jeremías ha parado de reír y observa el rostro radiante de su prima.

–Siempre estuviste enamorada de él, ¿verdad?

Rut asiente y hace un giro, como danzando.

—Desde que entré a la tienda, pero para mí era algo tan inalcanzable, que nunca quise hacerme ilusiones. Y ahora… —aprieta fuerte el brazo de su primo—, no puedo creer que mi sueño se haga realidad.

Jeremías sonríe mientras Rut sigue hablando sin parar de sus sentimientos contenidos. En su interior medita en las costumbres de la familia Lovrovic y llega a la conclusión de que nunca se imaginó que podían cumplir aún esas leyes. Él sabía que respetaban algunas fiestas judías, pero no hasta ese punto. Algo en su interior le dice que está pasando algo raro, pero no puede entender qué es.

Llegan al estacionamiento y Jeremías se ofrece a llevar a su prima hasta su casa. Ella agradece y hacen el viaje charlando animadamente, como siempre sucede entre ellos.

Entre otras cosas, Rut exclama entusiasmada:

—Lo que más me agradó es que Elías me pidiera que oráramos por esto. No te imaginas cuánto anhelé que aquel hombre que el Señor pusiera en mi camino, me pidiera algo así.

Jeremías asiente.

—Es que este hombre —usa un tono de reproche— es muy espiritual, no como… —se detiene, sabiendo el dolor que produce en su prima escuchar tan solo el nombre de su difunto esposo. Enseguida cambia la conversación, para disimular su error. Continúan su camino hablando de cualquier cosa.

Al llegar a su hogar y quedarse sola, Rut deja la cartera en la mesa de entrada, va hasta el dormitorio y cae de rodillas al lado de su cama.

—Gracias, Señor —ora con devoción—. No entiendo mucho de tu Palabra, pero te doy gracias por la noticia que me ha dado don Abraham. Después de todo lo que sufrí con Jacob. Oh, Señor, gracias, gracias… –queda un momento en silencio y se levanta para darse una ducha. Le parece que el corazón le salta de alegría en el pecho. *Pensar que creía que era un imposible.*

CAPÍTULO 9

Casamiento deseado. Sorpresa inesperada

EL DÍA COMIENZA EN LA TIENDA COMO CUALQUIER OTRO, pero en la oficina del primer piso los rostros de padre e hijo demuestran gran preocupación. Elías hace cuentas tras cuentas, pero el resultado es siempre el mismo. Don Abraham revisa la correspondencia y separa los reclamos de pago y vencimientos, poniéndolos en una carpeta que cada vez se hace más abultada.

–No sé cómo hemos podido llegar a este punto –medita, apoyando los codos en el escritorio y tomándose la cabeza entre las manos–. Logré convencer a Rebeca que me diera las tarjetas, pero eso no soluciona mucho.

–¿Le dijiste que podían vender la mansión? –Elías ha girado para mirar a su padre.

–¡Ni pensarlo! ¡Eso sí que no aceptó! Ella no cree que estemos en una situación tan acuciante –medita un momento y agrega–: Rebeca está muy cambiada después de la muerte de Jacob.

–Yo también lo he notado, y no es sólo por Jacob. ¿Te das cuenta que ya no sale, ni se encuentra con sus amigas?

–Es muy extraño, pero hasta me parece que desearía reparar el daño que le hizo a nuestro hijo. Desgraciadamente eso no es posible. Pero no quiere ni mencionar que podríamos perder la mansión.

–Si seguimos así, creo que la perderá igual, porque irá a remate –el joven vuelve a su computadora–. Lo peor es que si ella no firma, no se puede vender porque es un bien mancomunado –queda un momento en silencio y agrega–. Hoy le pediré a Rut si acepta que vendamos la vivienda que compartió con Jacob.

Don Abraham levanta la vista, asombrado.

–¿Le pedirás que se deshaga de la única herencia que le dejó mi hijo?

–Ella es la única heredera y también la única que puede venderla –y pensando un rato, agrega–, si Rut es como yo creo, sé que no se negará –al decir esto siente que su pecho se ensancha de orgullo por la mujer que el Señor ha querido darle.

Cuando llega la hora de cierre, Elías lleva a Rut hasta su casa. Va manejando con su entrecejo fruncido por la preocupación. No se anima a pedirle lo que le dijera a su padre. La joven lo observa de reojo y se da cuenta que algo le preocupa a su futuro esposo.

–¿Pasa algo malo, Elías? –indaga tímidamente.

Elías gira un poco la cabeza sin dejar de prestar atención a la conducción de su vehículo.

–Pasa que estamos casi en la bancarrota –explica el joven.

Rut lo mira directamente.

–¿Tan mala es la situación? –pregunta asombrada–. Yo me di cuenta que las ventas habían disminuido mucho, pero nunca pensé que sería para tanto. ¿Es la competencia de la tienda de enfrente, verdad?

Elías asiente.

–Eso, y varios motivos más. Jacob y mamá nunca midieron sus gastos y las cuentas se fueron agrandando. Además, la enfermedad de mi hermano, su internación, remedios, etc. ¡Todo influyó!

Rut mira el semáforo.

–¡Cuidado, vas a pasar en rojo! –advierte a su novio, que frena bruscamente.

–Lo único que falta es que me cobren una multa o que choque el auto –exclama mientras gira su cabeza para mirar a Rut–. Perdóname, pero mi mente trabaja a mil revoluciones y no puedo concentrarme.

–Me doy cuenta, pero… ¿no se puede hacer nada?

Elías queda un momento en silencio y al ver que el semáforo se ha puesto en verde, prosigue su camino.

–Hay algo que quisiera pedirte, am… –no termina la palabra, dándose cuenta lo que iba a decir y corrige– pero es muy difícil Rut.

–¡Por favor, Elías! Voy a ser tu esposa. Pídeme lo que quieras.

–¿Serías capaz de vender la casa que compartiste con Jacob? –pregunta el joven contador rápidamente, para no arrepentirse. Espera ansioso la respuesta, que no tarda ni un segundo en llegar.

–¡Por supuesto! ¿Crees que eso podría ser la solución?

–Primero tendríamos que ver cuánto nos dan por ella. Si la compran de contado, en fin, tienen que darse muchas cosas… Pero por lo menos solucionaríamos bastante.

–Entonces, ni lo pienses. No sé nada de negocios, pero dime qué tengo que hacer.

–Por el momento, nada. Si encontramos comprador, tendrías que firmar tú la venta, porque eres la única heredera.

–No hay problema.

Han llegado a la vivienda de Rut. Elías baja rápidamente y va a abrir la puerta de su acompañante muy amablemente. Rut desciende del vehículo complacida ante la gentileza de su novio.

–¿Quieres pasar un momento? –pregunta, ansiosa.

–Gracias, Rut, pero tengo que seguir solucionando algunas situaciones –Elías besa a la joven en la mejilla y vuelve a ubicarse al volante. ¡Cómo quisiera aceptar esa invitación! Pero desecha la idea, sabiendo el peligro que corre. ¿Qué pasará el día que se casen y tenga que estar a solas con ella? *Espero que para entonces, ya sepa que ella también me ama* –suspira emocionado.

El tiempo transcurre rápidamente. Llega el día de la boda, la cual es muy sencilla: una ceremonia en la iglesia, luego un brindis con la familia y algunos de sus amigos más allegados. Rut luce un vestido de novia, también sencillo, aunque elegante, que le ha diseñado y cocido su tía Ester. Elías le ha anticipado que no podrán ir de luna de miel debido a la situación económica. Rut ha estado de acuerdo. En realidad, no le importa nada más que estar junto a él.

Cuando los invitados se retiran, Elías le dice a su esposa:

–Vamos, quiero que conozcas dónde vamos a vivir. Espero que te guste –y tomándola suavemente del brazo, le aclara–, no se parece en nada al palacio donde viviste con mi hermano, pero desgraciadamente por ahora escasean los recursos –se disculpa–. Si las cosas mejoran, te prometo que compraremos una vivienda mejor –mira a Rut que le sonríe comprensivamente y le parece que está más hermosa que nunca. Casi no soporta tenerla a su lado sin abrazarla y besarla, pero se ha prometido a sí mismo que no forzará la situación, y esperará hasta que ella le demuestre o le diga que lo ama, de no ser así seguirá viviendo con ella y amándola en silencio.

Mientras tanto Rut es tan dichosa, que se deja conducir dócilmente. ¡Por fin podrá ser completamente feliz! Mira a su esposo y le parece que está más buen mozo que nunca. Siente que su corazón está danzando de alegría.

Cuando llegan a la vivienda, Rut apenas la mira. Elías se disculpa diciendo:

—Es mucho más pequeña que la que tenías con… —se detiene al darse cuenta que su esposa no le presta la más mínima atención.

—¡Es hermosa! —exclama la joven, está encantada pensando en la casita donde pasó su infancia y adolescencia—. ¡Tiene jardín, es cálida y acogedora!

En ese momento, Elías quisiera abrazarla y besarla mil veces. No precisamente como el beso que apenas tocó sus labios en la iglesia. No aguantando más, la alza en sus brazos.

—Es mala suerte que la novia pise el umbral —se disculpa, riendo.

Rut acompaña su risa, mientras rodea el cuello de su esposo, como para sostenerse. ¡Ha llegado el momento tan esperado!

Elías abre la puerta con el codo y deposita suavemente a su esposa en el suelo. Se miran intensamente por un momento.

—¿Quieres tomar algo? —pregunta el esposo tratando de salir de esa situación sin delatar sus sentimientos y se dirige al bar que está a un costado.

—No, gracias —Rut no sabe bien qué hacer. Es todo tan

distinto a su casamiento con Jacob, que se siente aturdida–. Me voy a cambiar, ¿dónde queda el dormitorio?

–Al final del pasillo, a la izquierda –le indica Elías, mientras se sirve un refresco. Está tan nervioso que se le escapan algunas gotas fuera del vaso.

Rut llega a la habitación donde ya han acomodado sus cosas. Siente que se le encoge el corazón. ¡Es todo tan hermoso! Pero… ¿qué se va a poner? El conjunto rojo que compró para su difunto esposo le parece demasiado llamativo. Además, le trae feos recuerdos. Saca algunas prendas y se decide por un camisolín de raso blanco. Es más discreto y no parecerá un *"paquete de regalo"*.

Cuando ya se ha cambiado, abre la cama y se acuesta, sintiendo que el estómago le hace cosquillas. Un rato después entra Elías, saca un pijama del placard y se dirige al baño a cambiarse. Rut está cada vez más nerviosa, se tapa hasta el cuello porque, a pesar de todo, siente vergüenza. Un momento después aparece su esposo, con una bata de dormir sobre el pijama. Se saca la bata, la cuelga en un perchero, abre la cama y se acuesta. Elías hace todo esto como si estuviera completamente relajado, cuando en realidad, está igual o más nervioso que su esposa. Se estira un poco y le da un tímido beso en los labios.

–Hasta mañana, mi… Rut –Elías se da vuelta rápidamente, porque tiene miedo que su esposa sienta los latidos furiosos de su corazón.

Rut queda helada. ¿Qué pasa ahora? ¿Será que Elías es igual que su hermano? No… no puede ser. Desde que fijaron fecha de casamiento, la ha tratado amorosamente, no sólo delante de la gente, como hacía Jacob, sino especialmente cuando se quedaban a solas. Además han orado juntos por cada decisión que tenían que tomar, lo cual la llenaba de gozo, porque nunca lo había conseguido con Jacob. Pero, entonces… *¡Oh, Señor, ¿qué está pasando?!* ¿Será culpa de ella? Rut siente que las lágrimas comienzan a brotar y se da vuelta para que su esposo no la escuche llorar. Es todo tan extraño que no sabe qué pensar.

Mientras tanto Elías no puede estar más nervioso. Escucha los sollozos de su esposa y se le parte el corazón. ¡Cómo quisiera abrazarla y hacerla suya! Pero tiene que ser fuerte y cumplir lo que se ha propuesto. No quiere moverse para que ella piense que está dormido. ¿Qué estará pensando en este momento? Eso es lo de menos. Tiene que contenerse.

Ambos esposos pasan la noche con similares pensamientos. Al llegar la madrugada, Elías se levanta y se despereza como si hubiese dormido profundamente. Rut no se mueve de su lugar. Escucha la ducha en el baño y cuando sale su esposo, lo espía entre las sábanas y se da cuenta que ya tiene puesto su traje para ir a trabajar.

—Ya me levanto para hacerte el desayuno —dice bostezando.

—No te preocupes. En la tienda alguna de las empleadas me trae el desayuno a la oficina. Sigue durmiendo tranquila —Elías dice esto mientras se anuda la corbata frente al espejo.

—¿Qué hora es? —pregunta Rut, haciendo un ademán para levantarse.

El joven viene hasta donde está ella, la empuja suavemente para que se vuelva a acostar y dándole un beso muy suave, se retira hacia el garaje.

—Yo voy a las ocho —le grita Rut cuando su esposo se va alejando.

—No hace falta, quédate descansando —le dice Elías del mismo modo.

Ni bien escucha que el auto de su esposo se aleja, Rut salta de la cama y se va a duchar. Al mirarse en el espejo, se da cuenta que sus ojos están hinchados de tanto llorar. ¿Qué puede hacer para disimular esas ojeras? Apoya la espalda en los cerámicos de la pared y siente que volverá a llorar. ¡Tiene que contenerse! Mira hacia el cielo y vuelve a exclamar: ¡*Señor, ¿qué está pasando*?! La noche de insomnio la ha dejado atontada. Lentamente se desviste y abre la ducha. Cuando termina de bañarse, camina hacia el dormitorio y elige la ropa que se pondrá para ir a trabajar. Trata de disimular las ojeras con un poco de maquillaje, pero como no lo consigue, se pone sus anteojos de sol.

Elías le ha dicho que puede quedarse, pero sabe que si lo hace, el día sería una tortura. Prefiere ir a la tienda así, por lo menos podrá distraerse y olvidar la noche que pasó.

Mientras tanto en la oficina, don Abraham mira a su hijo que mueve la cabeza de un lado a otro.

–¿Se puede saber qué te pasa? –le pregunta sonriendo–. ¿Te dejó tan mal la primera noche?

–No dormí nada, papá –contesta Elías–. Pero como no me movía para que Rut no se diera cuenta, estoy todo contracturado.

–¿Quiere decir...? –don Abraham se detiene, sin poder creer lo que está pensando.

–Sí papá –explica el joven–, anoche "*no pasó nada*".

–Pero, ¿por qué? Se los veía tan felices en la ceremonia que era evidente cuánto se aman.

–Yo la amo con toda mi alma, pero no sé si ella me corresponde. Y, como ya te lo dije varias veces, no voy a hacerla mi esposa hasta que esté seguro de su amor.

Don Abraham mueve la cabeza desorientado. No entiende bien la actitud de su hijo, pero como no quiere interferir en sus decisiones, vuelve a su trabajo.

Cuando Rut llega a su destino, sube las escaleras para saludar a su suegro, como es ya su costumbre. Pero cuando llega a la puerta de la oficina y va a abrirla, escucha una conversación que la detiene en su intento.

—Tendremos que prescindir de algún empleado —escucha a su esposo decirle al padre.

—Sí, entiendo —contesta don Abraham—, pero, ¿de quién? La mayoría está con nosotros desde que nos iniciamos. Además, todos tienen familias que mantener. La empleada más reciente es Rut, pero ya es tu esposa. Además, a ella no le tenemos que pagar un sueldo —expresa esto último sonriendo.

—¡Qué gracioso! —comenta Elías, haciendo un gesto—. Aunque no fuera mi esposa, sería a la última que despediría y lo sabes muy bien.

Rut no entiende mucho lo que ha escuchado, pero le basta saber que están decidiendo prescindir de algún empleado y eso no lo puede tolerar. ¡Cómo van a dejar a alguien sin trabajo, sabiendo la situación que atraviesa el país! ¡Oh, no…! ¡Tiene que hacer algo! Muy decidida abre la puerta de la oficina y saluda a su suegro. Elías vuelve inmediatamente a su escritorio.

—Don Abraham quisiera pedirle algo…

—Sí querida, lo que quieras —le contesta.

—Necesitaría faltar unos días, tengo unos papeles que arreglar. ¿Puedo?

—Rut. Eso no tienes que pedírmelo. Recuerda que ahora tú también eres dueña de esta tienda.

–La verdad que no había pensado en eso, para mí todo sigue igual –mira directamente a Elías que no se da por enterado de la conversación–. De todas maneras no va a ser por mucho tiempo –se dirige a su esposo y lo besa en la mejilla–. ¡Hasta pronto, Elías! ¡No me extrañes! –le dice irónicamente, y se retira.

Cuando sale don Abraham mira a su hijo que ha girado la silla, preguntándole ¡qué va a hacer Rut! El joven se encoge de hombros y hace un gesto como diciendo *no tengo idea*.

Pasan unos días sin que nada cambie. Todavía no han decidido de quién tendrán que prescindir. Además, todos sus empleados hace ya bastante tiempo que trabajan en la tienda y ellos, como patrones, no están en condiciones de pagarles indemnización, o sea que a quien elijan tendrán que pedirle que renuncie y esto lo hace todo más difícil.

Elías extraña cada vez más a su esposa. Se le hace insoportable no verla en la tienda. Entrar a su casa y no oír más que silencio. Dormir en su cama sin ella. ¿Qué estará haciendo? Eso no importa mucho, pero… ¿cuándo volverá?

Mientras se encuentra ensimismado en estos pensamientos, se abre bruscamente la puerta de la oficina, entra Rut y sin saludar pone un cheque sobre el escritorio delante de don Abraham. Dándose cuenta de su falta de respeto, besa a su suegro y a su esposo.

–¿Qué es esto, Rut? –indaga don Abraham desconcertado, mirando el importe del cheque.

La joven viene a sentarse frente a él.

–Vendí mi casa de la sierras –explica naturalmente Rut–. Mejor dicho –se corrige–, el terreno, porque la casa estaba totalmente destruida. Hace tiempo que tenía un comprador, pero como no me hacía falta dinero, no quería venderla –sigue explicando la joven–. La hice tasar y el comprador estuvo totalmente de acuerdo con el precio. En realidad, ese terreno tiene más valor porque está en la ladera de la montaña –dice a la vez que se detiene al ver la expresión de sorpresa en las caras de los dos hombres.

Elías no puede creer lo que acaba de escuchar. ¿Cómo pudo deshacerse de algo tan querido? ¡Es una mujer increíble! Siente que se le humedecen los ojos de la emoción, y para disimular, emite un falso estornudo y se seca con un pañuelo que ha sacado del bolsillo.

–Sinceramente, no debería aceptar este cheque, Rut. Es lo único que te quedaba de tus padres –don Abraham vuelve a mirar el importe.

–¿Podrá solucionar algo con esto? –pregunta la joven, sin hacer caso al comentario anterior.

–¡Por supuesto! Este importe nos serviría para pagar la deuda del banco. De esa manera podríamos solicitar otro crédito –el padre mira a Elías como para que lo acompañe en su afirmación, pero el joven se ha dado vuelta y mira por el ventanal, sin darse por aludido.

–Bueno, ustedes sabrán qué pueden hacer –comenta Rut, levantándose y saliendo de la oficina, como si nada hubiera ocurrido.

Ni bien desaparece la joven, Elías se da vuelta.

–¿Te das cuenta, papá, con la hermosa mujer que me casé? –el joven hace esa pregunta con voz entrecortada por la emoción– ¡Es única!

Don Abraham asiente comprensivo mirando las lágrimas

que se deslizan por las mejillas de su hijo. Le alcanza el cheque para que compruebe el importe y Elías abre desmesuradamente sus ojos al ver los números.

–¿Tanto le pagaron por ese terreno?

–Los terrenos de las sierras tienen mucho valor porque es zona de turismo –explica el padre–. Lo que ahora debemos resolver es qué deuda conviene pagar primero.

Elías regresa a su computadora y abre la página que últimamente no quería ni mirar.

–Como dijiste, lo que más nos conviene es saldar la deuda del banco.

CAPÍTULO 10

La gran idea de Rut

PASAN DOS MESES MÁS, Y LA SITUACIÓN EN EL MATRIMONIO no ha cambiado y Rut llega a la conclusión que el problema es que Elías piensa que ella tiene la misma enfermedad de la que murió Jacob. Esa es la única explicación que encuentra. De todas maneras, es feliz viviendo con él y compartiendo todo en su hogar. Pero, ¿cómo cumplirá con sus suegros para darles un heredero? Esto sí que no puede resolverlo. Para olvidar un poco su problema va a visitar a su tía. Allí se encuentra con Jeremías y su esposa que tiene en sus brazos a su nena. Enseguida se da cuenta que las prendas que luce, seguramente son obra de Ester.

–¡Qué hermoso vestidito que tiene Hadasa! ¿Tú se lo hiciste, verdad tía?

–Sí –contesta sonriente Ester mientras viene a alzar a su nieta–, para las prendas de niños o bebés con unos pocos retazos se logran maravillas.

Cuando su tía dice esto, Rut se da cuenta de algo. Se despide rápidamente de su familia y sale casi corriendo a la calle. Jeremías, Ester y Ana quedan desconcertados. ¿Qué le pasó a Rut? Se miran y sus gestos traslucen claramente que no entienden nada.

Mientras tanto Rut llega corriendo a la tienda, sube las escaleras y abriendo la oficina pregunta ansiosa a su suegro:

–Don Abraham, ¿podría llevarme algunos de los retazos de tela que están en el depósito de arriba?

–¿Esos retazos que ya no sirven? –señala a su vez el dueño de la tienda–. ¡Cómo no!, por mí, puedes llevártelos a todos, de paso nos harías un favor, ¿pero, para qué los quieres?

Rut no escucha la última pregunta, porque ni bien su suegro le dio el permiso ya sube las escaleras hacia el depósito. Elige algunas telas que calcula que le van a servir y baja cargando una bolsa de consorcio bastante pesada. Los empleados la miran desconcertados y más asombrados todavía están Elías y su padre cuando la ven alejarse con esa bolsa que apenas puede cargar.

Rut vuelve al departamento de su tía y poniendo las telas delante de ella, le pregunta ansiosa.

–¿Crees que se podría hacer algo para niños y bebés con estos retazos?

Ester saca las telas y mirándolas detenidamente contesta:

–¡Oh, sí! –coloca una tela cuadriculada con otra lisa al lado–. Con esto se podría hacer un conjuntito. Creo que saldría del tamaño de un niño de seis años, más o menos, ¿pero, a qué viene todo esto?

Rut, en pocas palabras le explica la situación que están pasando en su nueva familia y la idea que se le ha ocurrido. Si anexan en la tienda ropa de niños, calcula que las ventas se incrementarían.

–Tú misma dices siempre –comenta Rut entusiasmada– que las madres siempre visten primero a sus hijos y después piensan en ellas. Bueno, en la mayoría de los casos –agrega pensando en su suegra y su difunto esposo, pero no dice nada más.

–¡Tienes razón, querida! Y con todo esto, van a salir unas cuántas prendas.

–¡Oh, no te aflijas! Hay un depósito lleno de estos retazos. ¿Podrías ayudarme en este proyecto? Tú los diseñas y los cortas y yo te ayudo a coserlos.

–¡No hay problema! –exclama Ester poniendo varias telas sobre la mesa y tratando de combinar lo mejor posible los colores–. ¡Verás qué hermosas prendas haremos! –Ester se ha contagiado del entusiasmo de su sobrina e inmediatamente pone manos a la obra.

Después de un rato, Rut vuelve a la oficina y para que no se descubra su proyecto, deja en el auto las telas que su tía le ha cortado y se dirige a su esposo preguntándole:

–¿Podrías conseguirme una máquina de coser?

Elías la mira desconcertado.

Don Abraham sale al paso del desconcierto de su hijo, y tomando a Rut del brazo le dice:

–Mi esposa tiene una máquina guardada, que nunca usó.

–La buscamos y te la doy ya mismo. Así, por lo menos, tú le podrás sacar el polvo que ha acumulado por tanto tiempo. Si no me equivoco todavía sigue tal como la compramos, sin abrir, en su envoltorio.

Rut se entusiasma y cuando don Abraham desembala la máquina, queda asombrada al comprobar que es muy moderna, portátil, eléctrica, y además tiene piezas para hacer bordados, zigzag y mucho más.

–¡Es preciosa! –exclama dándole un beso efusivo a su suegro–. Gracias, don Abraham, es mejor de lo que esperaba y aún mejor de la que tiene tía Ester.

Luego que don Abraham le ha ayudado a acomodar la máquina sobre un escritorio y se ha retirado, Rut comienza con la tarea de coser las prendas que su tía le ha cortado.

Pasan varios días que la joven no aparece por la tienda.

—¿Qué está haciendo tu esposa con la máquina de coser? —le pregunta el padre a Elías.

—No sé, cuando llego a casa siempre está cosiendo y tan entusiasmada que casi ni me saluda. A la noche se queda hasta altas horas —Elías se encoge de hombros—, para mí es todo un misterio. Estoy seguro que es algo para ayudar a alguien, porque todo lo que hace, lo hace por los demás —se le ensancha el pecho de satisfacción—. Desde niña se acostumbró a complacer a sus padres, especialmente a doña Sara, después que falleció su esposo. Vino a Córdoba a buscar trabajo para ayudarla. Luego se dedicó por entero a complacer a nuestra madre y a Jacob, a pesar de todo lo que pasaba con ellos. Después, tú sabes lo que hizo para solucionar en parte nuestra situación económica. ¡Es tan especial, papá, que cada día la amo más!

—¿Y cuándo se lo piensas decir?

—Ya sabes la respuesta —Elías no dice más y vuelve a su trabajo.

Un día, pasado cierto tiempo, cuando Elías vuelve a su hogar, encuentra a Rut acomodando muchas prendas de niño sobre la mesa.

—¿Qué es esto? —pregunta a su esposa, tratando de entender.

—¿Viste cuántas cosas se pueden hacer con "*retazos*"? —Rut mira a Elías orgullosa de su trabajo.

—Pero… ¿se puede saber para qué es todo esto?

—Bueno, con tía Ester pensamos —incluye a su tía para no

darse todo el crédito– que sin casi ningún gasto podríamos hacer prendas de niños para anexar en la tienda. Nuestra competencia de enfrente vende solamente ropa para adultos, así que con esto… –se tiene que detener porque Elías la abraza efusivamente.

–Gracias, Rut, gracias por pensar siempre en nosotros.

La joven se encuentra aturdida ante esa demostración tan grande de afecto y con nuevas esperanzas, cuando su esposo se retira, agrega:

–También pensé que podríamos hacer un desfile de modelos para lanzar esta nueva línea. Ya he hablado con varias mujeres de la iglesia que tienen niños y están dispuestas a ayudarnos. También nos pusimos de acuerdo en la tienda para hacer una pasarela con las tarimas que están guardadas en el depósito –Rut sigue hablando con más entusiasmo–. Le pondríamos algunas telas para recubrirlas y haríamos invitaciones para repartir a los clientes y amigos. ¿Te parece bien?

–Veo que has pensado en todo –Elías está tan emocionado que se le llenan los ojos de lágrimas, para disimularlo agrega–: Me voy a bañar y seguimos conversando.

Rut sin advertir la emoción de su esposo, levanta una y otra prenda, orgullosa de lo que ha logrado con su tía en tan poco tiempo.

Cuando Elías llega al otro día a la oficina y le comenta a su padre el proyecto de su esposa, éste queda helado.

–¿Para eso me pidió esos retazos?

–Sí, papá. Y cuando veas las prendas tan hermosas que Rut ha hecho, no lo vas a poder creer.

–La verdad, es como tú dices: ¡Rut es una mujer increíble!

–dice don Abraham dejando traslucir el orgullo que siente por su nuera.

En los días subsiguientes, todos los empleados de la tienda se encuentran abocados a los cambios que Rut les va indicando. Los percheros quedan a un costado y han armado una pasarela con las tarimas. Es tal el entusiasmo que Rut pone en su trabajo que todo el personal se contagia. Además, se dan cuenta que la idea de ella es genial para paliar la situación económica que a todos preocupa.

Cuando tienen todo listo, comienzan a repartir las invitaciones que Rut ha diseñado y ha hecho imprimir. Todo el que pasa por la vereda o entra a la tienda, recibe una. El entusiasmo aumenta al ver la satisfacción en la cara de la gente. Algunos hacen algún comentario, siempre positivo.

Por fin llega el gran día. Detrás de un cortinado que armaron, se encuentran Rut y varias empleadas en la tarea de cambiar a los niños que les *"prestaron"* sus amigas para desfilar. Están asombradas de tanto público que ha venido a ver el lanzamiento del nuevo rubro. Al son de una suave música, los niños van desfilando y también algunas mamás con sus bebés, luciendo sus galas. Cuando los niños traspasan nuevamente el cortinado, Rut y las demás empleadas los cambian rápidamente, para que vuelvan a desfilar. Mientras tanto, Aldana y don Abraham van tomando nota de aquellas prendas que reservan para sí las madres presentes.

Cuando todos se retiran, Rut sale detrás del cortinado y corre hacia donde su suegro está haciendo las cuentas. Cuando éste le muestra el resultado, no puede creer lo que está viendo.

–¡Se vendió casi todo! –exclama entusiasmada–. Tendremos que ponernos a coser más prendas de inmediato. ¡Qué bueno!

Varias empleadas rodean a la joven esposa.

–Pero esta vez no lo harás sola. Nosotras te vamos a ayudar –le dicen.

Rut ríe sin disimular su satisfacción.

–Vamos a tener una larga tarea hasta vaciar ese depósito –dice, lanzando una carcajada, que todos los presentes acompañan. Al ver que su esposo se ha retirado a un lugar aparte y les da la espalda, va hacia él y tocándolo, le pregunta:

–¿No te gusta lo que hicimos?

Elías gira y deja ver su rostro bañado en lágrimas.

–¡Cómo no me va a gustar, si con esto vamos a solucionar todos nuestros problemas!

Rut lo mira sin entender, pero la enternece verlo tan emocionado. El esposo no aguanta más y la abraza efusivamente. La besa una y otra vez en la frente, en la mejilla y por fin, en los labios, como Rut tanto deseara desde hace tiempo. La joven esposa está aturdida ante esa demostración de amor pero a la vez se siente inmensamente feliz. Por fin Elías le ha demostrado lo que ella sospechaba desde hacia tanto tiempo, pero no quería creerlo pensando que eran suposiciones suyas.

De repente, Elías hace algo insólito: se separa de ella, pidiéndole perdón y sube las escaleras.

Don Abraham, que ha presenciado la escena, para disimular la actitud de su hijo, viene hasta Rut y le dice satisfecho:

–Ahora me doy cuenta que tenías razón, querida. Esto será la solución a nuestros problemas. No sé de qué manera te lo vamos a agradecer.

Rut le sonríe, sin dejar de mirar la puerta por donde ha desaparecido su esposo. Todo era tan hermoso y ahora…

Su suegro vuelve a intervenir:

–Desde ahora, no vas a coser sola con tu tía Ester. Vamos a poner al departamento de costura a armar estas prendas. Lo único que te voy a pedir es que sigas diseñándolas tú porque hoy hemos comprobado que tienes muy buen gusto –Don Abraham la toma del brazo y la lleva al depósito–. Nunca me iba a imaginar que todo este traperío llegaría a ser útil. De todas maneras, si necesitas otras telas o cualquier otra cosa, me avisas y lo compramos –el dueño sigue hablando inútilmente, porque se da cuenta que Rut tiene sus pensamientos en otro lado. Entendiendo lo que está pasando por la mente de su nuera, agrega–: Debes estar cansada. Te llevo en mi auto porque Elías tiene que contabilizar la venta de hoy y se va a demorar.

Rut comienza a bajar las escaleras, ve el desorden que ha quedado y a los empleados trabajando para dejar todo bien para las ventas del día siguiente, entonces dice muy decidida:

–No se preocupe, don Abraham. Me quedaré para ayudar a los chicos.

El dueño, la toma nuevamente del brazo, pero esta vez con firmeza.

–No, Rut, por hoy ya hiciste bastante. Vamos que te llevo a tu casa. Deja que los demás se ocupen de todo.

Don Abraham lucha por convencerla, la saca del negocio y la lleva a su hogar.

Cuando se queda sola, Rut se tira cansada en un sillón. La verdad que su suegro tenía razón. Está totalmente agotada. Especialmente por la tensión que tuvo que soportar hasta que comprobó que todo su esfuerzo dio buenos resultados. Ahora necesita descansar. Fueron seis meses intensos desde su casamiento con Elías.

Va hasta el dormitorio y cuando abre el vestidor sus ojos chocan con el conjunto de lencería rojo. Recuerda el beso apasionado que le dio su esposo y decide ponérselo. Calcula que con esa ropa, Elías tendrá que demostrarle su amor. Se da una ducha y viene a acostarse, pero esta vez no se tapa con las sábanas, sino que se coloca de costado, con un brazo apoyado en la almohada, sosteniéndose la cabeza y con la otra mano hace como que hojea una revista de modas. De paso se pone a elegir la ropa que tendrá que diseñar a pedido de don Abraham.

Casi al instante escucha la puerta del garaje que se abre y cierra, luego el ruido de los pasos de su esposo dirigiéndose al dormitorio. Trata de mantenerse tranquila, pero el corazón parece que se le quiere salir del pecho. Elías entra, y ante la imagen que ven sus ojos, no puede aguantar y se sienta al lado de su esposa.

—¿Te pusiste ese conjuntito para mí? —pregunta, mientras sus ojos se van enrojeciendo.

Rut recuerda que Jacob le hizo la misma pregunta, pero está segura que esta vez será todo distinto. Apenas asiente con la cabeza, los brazos de Elías la rodean.

—Mi amor, mi amor. ¡Por fin! —exclama el joven emocionado, mientras la cubre de besos.

—Si me amabas, ¿por qué esperaste tanto para decírmelo? —recrimina la esposa con dulzura, correspondiendo a los besos de su amado esposo.

—Quería estar seguro que tú también me amabas y que no lo hicieras solamente por darme un gusto, como lo hiciste con Jacob.

–Oh, Elías. yo estoy enamorada de ti desde que llegué a la tienda.

Elías se aleja un poco y pregunta:

–¿Por qué no me lo dijiste antes?

–¿Eso no le corresponde al hombre? –repregunta a su vez Rut, con picardía. Y poniéndose un poco más seria, agrega–: Además, siempre pensé que eras un imposible para mí.

–¡Oh, mi amor! –exclama Elías, y la vuelve a abrazar y besar mil veces. Rut se abandona dulcemente en sus brazos. Ella siente tanta felicidad que le parece que no podrá contener.

CAPÍTULO 11

Por fin llega lo deseado

DON ABRAHAM LLEGA AL DÍA SIGUIENTE A LA TIENDA Y DESpués de comprobar que todo está en orden, sube las escaleras y cuando empuja el picaporte de la oficina, la puerta no cede. Está con llave. Extrañado, saca su llavero y abre para comprobar que su hijo todavía no ha llegado. Es la primera vez que ocurre esto y lo deja pensativo. ¡Ojalá sea lo que se imagina! Sonríe a sus pensamientos y va a sentarse detrás de su escritorio. Pasan más de dos horas y ya don Abraham comienza a sentirse incómodo. ¿Y si le ha pasado algo? No… ya se habría enterado. Desecha esas ideas de su mente y trata de concentrarse en su trabajo. Pronto se da cuenta que su hijo no ha contabilizado nada del desfile de anoche.

De repente se abre la puerta y entra Elías, radiante de felicidad.

—No me digas nada —comenta don Abraham entre risas—, tu cara me dice a las claras qué pasó anoche… ¿Me equivoco?

—No, papá. No te equivocas —Elías viene a abrazar a su padre. Después de darle varias palmadas en la espalda, continúa—. Pero eso no es todo… tengo algo que mostrarte —abre su portafolios, saca una sábana y la despliega frente a su padre.

Don Abraham queda boquiabierto.

—¿Quiere decir entonces…?

—Sí, papá… Rut era virgen —Elías no puede ocultar su orgullo.

El padre vuelve a abrazar a su hijo y también se emociona.

—Yo pensé… —dice balbuceando. Luego, pareciera que le cae la ficha y añade— pero qué estúpido soy, si Jacob era gay. Pero dime, ¿qué hubieras hecho si ella tenía la misma enfermedad de tu hermano?

—La hubiera amado igual, papá, aunque me costara la vida, estoy completamente enamorado de ella.

—Ya lo creo —don Abraham no dice nada más porque en ese momento entra Rut. Besa a su suegro, como todos los días, y cuando gira para besar a su esposo, ve la sábana.

—¿Por qué trajiste eso? —señala la prenda totalmente ruborizada. Elías no sabe qué contestar, por lo que don Abraham sale al paso y tomando del hombro a su nuera, le explica.

—¿Recuerdas que yo te dije que como judíos, nosotros guardamos ciertas tradiciones? —Rut asiente sin terminar de entender a dónde apunta su suegro—. Una de esas tradiciones es guardar la sábana de la primera noche, para que si alguien duda de la pureza de la novia, se pueda comprobar que no es así.

—¿Quiere decir que se la mostrarán a todos? —exclama espantada la joven.

—No te preocupes —la tranquiliza don Abraham—, eso lo guardan los padres de la novia, pero como en este caso, tú eres huérfana…

Elías se siente culpable de la vergüenza de su esposa y viene a abrazarla.

—Yo la guardaré, mi amor, en el cofre de los tesoros más preciados. Y te prometo que no se la mostraré a nadie, si no lo quieres.

Rut se aleja un poco y lo mira enojada.

—Ni se te ocurra…

Elías la vuelve a abrazar y la cubre de besos. Don Abraham, sabiendo que está de más, se retira sigilosamente dejándolos solos.

Después de muchos arrumacos Rut se sienta en uno de los sillones que están frente al escritorio y Elías hace lo propio, entrelazando las manos con su esposa.

—¿Sabes una cosa, mi amor? —pregunta la joven con una sonrisa radiante—. Esta mañana estuve meditando en lo bueno que el Señor ha sido conmigo. Primero, porque me trajo justamente a esta tienda. Después, porque a pesar que me di cuenta que Jacob no era el hombre que Él quería para mí, me casé igual. Y, sin embargo, me guardó de contagiarme. Aunque yo hice de todo para conquistarlo —baja un poco el rostro, avergonzada—. Lo hice por mi madre, pero eso no me justifica.

Elías se enternece al verla compungida.

—Siempre trataste de conformar a tu madre —toma el rostro de Rut entre sus manos y la obliga a levantar la mirada—. Pero todo eso ya pasó. Ahora debemos pensar en nosotros y en nuestro futuro.

Rut afirma, no muy convencida.

—Pero también meditaba sobre la tremenda influencia de los padres sobre nosotros. Mi madre nunca se adaptó a la pobreza. Papá era zapatero remendón, y como te podrás imaginar, no ganaba gran cosa. Nunca nos faltó lo indispensable, pero mamá siempre le reprochaba su "*desventura*", como decía ella.

—¿Quedaste huérfana muy joven? —pregunta Elías, soltándole el rostro y tomando nuevamente sus manos— Jeremías me contó que su padre y el tuyo murieron casi en la misma fecha.

—Sí… —afirma la esposa—, con la diferencia que tía Ester, con sus costuras, no sólo mantuvo su hogar, sino que también le pagó la universidad a su hijo. En cambio mamá, aunque tenía la misma habilidad que ella, sólo se lamentaba de su suerte y no hacía nada para remediarlo.

—¿Y cómo hiciste tú para sobrevivir?

—Cuidaba niños, limpiaba casas, vendía golosinas en las escuelas… En fin, hacía todo lo que podía. Eso me permitió terminar la secundaria, pero no alcanzaba. Por eso decidí venir a Córdoba.

—¡Bendita pobreza, entonces! —Elías ríe feliz—. Si no fuera por ella, no te hubiera conocido.

Rut levanta una mano como para pegarle una cachetada que termina en una caricia. Su esposo le toma la mano y se la besa.

—En cambio, yo me crié con todos los lujos que pudiera desear, pero siempre a la sombra de mi hermano, para mamá, yo no existía. Menos mal que papá supo compensar esa diferencia.

Rut sigue meditando un momento y agrega:

—¿Crees que tu madre es del Señor, Elías?

El joven se levanta, disgustado.

—No lo sé, Rut… pero lo dudo mucho. Un hijo o una hija de Dios que no tienen el deseo de bautizarse obedeciendo al Señor, que nunca se involucran en ningún servicio de la iglesia, y que van a las reuniones solamente cuando hay alguna actividad especial, o sacan su billetera para ofrendar cuando todos los pueden ver –se encoje de hombros– para mí, no son hijos de Dios.

–¿Describiste a tu mamá, verdad? –Rut permanece todavía sentada, mientras su esposo se pasea por la oficina.

–¡Ojalá que esté equivocado! Pero no lo creo…

–Jacob tampoco lo era –afirma la joven–. Siempre me extrañó que no quisiera orar, que prefiriera ir a otro lado, en vez de ir a las reuniones. ¡No le importaba nada lo espiritual!

Elías viene a sentarse nuevamente junto a su esposa.

–¿Te das cuenta, mi amor, el daño irremediable que le hizo mi madre a Jacob al consentirlo tanto? ¡Ella pensaba que le hacía un bien! Y mira los resultados. El Señor tenía razón cuando decía que *"todo lo oculto saldrá a la luz…"* Es lamentable que muchos creyentes viven una doble vida, sin darse cuenta que no solamente dañan a sus hijos con su hipocresía, sino que además tendrán que dar cuenta al Señor que todo lo sabe y todo lo ve.

Rut lo mira enternecida.

–La Biblia siempre dice lo justo y necesario. Lástima que muchas veces no hacemos caso de los consejos que el Señor nos da a través de ella.

–Lo que me duele es que en mi casa se vivió esa hipocresía que destruyó a mi hermano –recalca Elías .

–Lo que he notado es que tu mamá ha cambiado mucho últimamente.

–Sí, yo también lo noté… Y no es solamente por la muerte de Jacob. Hay algo más que la atormenta.

–¿Qué dice don Abraham al respecto?

–Él también está desconcertado… Pero mamá se niega a

hablar. Siempre nos quiso ocultar el problema de Jacob. Y no se daba cuenta que todo era inútil.

—En la iglesia y en la tienda todos sabían la verdad, pero no decían nada por ustedes. Pero todo se hizo evidente ante la aparente "enfermedad" de tu hermano, y luego su entierro con cajón cerrado.

Elías asiente con un murmullo y luego con voz audible, pregunta:

—Y… ¿qué piensas de tu madre?

—Creo que ella era del Señor, pero su afán de grandeza, le hacía perder el rumbo. Bien dice la Biblia que *"el amor al dinero es la raíz de todos los males"*. Eso se le podría aplicar perfectamente a mamá.

Elías, dándose cuenta que la conversación entristece a su esposa, cambia de actitud y la levanta, cubriéndola de besos. Gira para hablar con su padre, pero no lo encuentra.

—¿Y papá… cuándo se fue?

Rut ríe ante el asombro de su esposo.

—Salió ni bien me abrazaste la primera vez. Mi suegro es muy discreto.

Elías acompaña la risa de su esposa y tomándola de la cintura, la conduce fuera de la oficina. Cuando localiza a su progenitor le dice sonriendo:

—Nos vamos a almorzar, papá…

Don Abraham le guiña un ojo y su corazón se ensancha al verlos salir abrazados.

Todo ha cambiado en la vida de la familia Lovrovic. La tienda, con su nueva línea de prendas, ha recuperado su popularidad y, por lo tanto, su economía.

Un día, después de siete meses, Elías, mirando la pantalla de su computadora, le comenta a su padre:

—Se están equiparando los números. Es hora que recompense en algo a mi esposa.

—¡Por supuesto! —exclama don Abraham y a la vez pregunta— ¿Y qué piensas hacer?

—Por ahora, comprar una casa nueva. Rut, con su vientre tan abultado, ya no puede manejar. Se da bastante maña con las tareas de la casa, pero yo me doy cuenta que la pobre ya no da más. Quisiera poder ayudarla, pero los tiempos no me dan.

—¿Por qué no te tomas unas vacaciones? Ya que no han tenido luna de miel, serviría para que Rut descansara. Ahora que prácticamente todo se ha equilibrado en la tienda, el contador puede hacerse cargo hasta que vuelvas.

Elías se levanta y abraza a su padre.

—Tienes razón, papá.

Don Abraham baja un poco el tono de su voz y acercándose a su hijo le dice:

—No le digas nada a Rut de tu proyecto de comprar otra vivienda. Yo me voy a encargar de eso. Así, cuando vuelvan de su luna de miel postergada, le das la sorpresa a tu esposa.

Elías vuelve a abrazar a su progenitor.

—Gracias, papá —el joven vuelve a su escritorio.

—Y… ¿sabes algo? —don Abraham sonríe ampliamente— Rebeca estará contentísima de poder participar en esta sorpresa.

—Me admira cuánto ha cambiado mamá. Aunque no dice nada, siempre viene a visitarnos para estar al tanto del embarazo de Rut. Como nunca, está tejiendo prendas para mi futuro hijo o hija. Ya me parecía imposible volver a verla con sus agujas.

–Si supieras cuánto habla de ustedes –dice orgulloso el padre–. Nunca me imaginé que Rebeca se entusiasmara tanto con un nieto.

–Rut también está asombrada, y la actitud de mamá la hace muy feliz. Ya se olvidó todo lo que tuvo que pasar. Mi esposa es tan especial que no le guarda rencor –y apagando su computadora, añade–. Me voy a casa, papá. Tengo que avisarle a mi señora que se prepare para viajar.

–¿A dónde piensas ir?

–Eso es lo de menos. No será lejos, por la situación de Rut, pero eso no importa, con tal de estar juntos.

Don Abraham sonríe satisfecho, mientras saluda a su hijo que se aleja muy contento.

Después de darle la noticia a Rut, que la recibe sin ocultar su alegría, Elías saca los pasajes y emprenden el anhelado viaje. Ambos eligieron Chile por sus hermosos paisajes y playas.

Cuando regresan, don Abraham lleva a su hijo a su nueva vivienda, para que sea él quien le dé la sorpresa a Rut.

La joven esposa, que apenas puede caminar por su avanzado estado de embarazo, no comprende por qué el auto se dirige hacia otro lugar.

En un barrio no muy lejos del centro, Elías para el vehículo e invita a su esposa a conocer la nueva vivienda, sin decirle que será su nuevo hogar.

Rut queda encantada de todas las habitaciones, hasta que llega a una que cuenta con una cunita y la pared llena de figuras infantiles.

–¡Qué hermoso! –exclama, mientras pasea su vista por el lugar–. Sería hermoso que nuestro hijo tuviera algo así.

Elías se acerca a Rut y le dice:

–Y lo tendrá… Esta es la habitación que adornó mamá para nuestro hijo.

Rut no sale de su asombro.

–Doña Rebeca… y por qué acá y no en nuestra casa.

–Este será nuestro nuevo hogar –le aclara Elías, haciéndole unos mimos–. Mis padres se ocuparon de todo para darte la sorpresa.

A Rut se le llenan los ojos de lágrimas.

–¡Qué hermoso que ellos también participen en el nacimiento de nuestro hijo! –exclama sollozando la joven, mientras se lleva la mano a su abultado vientre. Elías besa su panza y habla como en secreto con su hijo:

–Tus abuelos y nosotros te estamos esperando ansiosos, no te hagas de rogar.

Como contestando a su padre, el bebé se mueve bruscamente, esto le produce dolor a Rut. Al ver su gesto, Elías le pregunta:

–¿Te sientes bien, amor?

Ella asiente con la cabeza.

–No te preocupes, cuando sea la hora, te voy a avisar –sonríe ante la angustiosa pregunta repetitiva de su esposo.

Un poco antes de la fecha de parto, una noche bien tarde, Rut siente dolores distintos a lo habitual. Se da cuenta que ha llegado el momento de dar a luz a su hijo. Le avisa a Elías, que, ante el apuro y la ansiedad, se pone medias de distinto color y el pulóver al revés. Rut, aguantando lo más que puede sus dolores, ríe feliz ante el apuro de su esposo. Elías, apresuradamente la lleva hasta la clínica y avisa a sus familiares, los cuales no tardan en llegar.

EPÍLOGO

Ester, Ana y Jeremías, con Hadasa en brazos, se encuentran en la misma sala de espera de la clínica donde Ana tuvo su bebé, pero esta vez es Elías el que ha acompañado a Rut a la sala de partos. Todos permanecen en silencio, pero es bien evidente el clima de nervios de los familiares. Las dos mujeres están sentadas, con los brazos cruzados, mientras Jeremías con su hija se pasean ida y vuelta por el pasillo.

–¿Sabes el sexo del bebé? –pregunta Ana interesada cuando su esposo se acerca hasta ellas en una de sus caminatas.

–Rut no quiso saberlo. Elías tampoco. Le pidieron al profesional que hizo la ecografía que no les dijera el sexo porque querían enterarse recién cuando naciera.

Jeremías sigue caminando un rato hasta que de repente se detiene al escuchar el llanto de un bebé.

–¡Ya nació! –exclama Ester levantándose. Pero cuando intenta entrar se acuerda lo sucedido cuando llegó su nieta al mundo, y se contiene.

Todos los ojos están puestos en la puerta vaivén de la sala de partos, conteniendo aun la respiración por la ansiedad, hasta que aparece Elías con su rostro bañado en lágrimas y un bebé en cada brazo.

–¡Mellizos! –exclaman a coro.

–Gemelos –aclara el padre orgulloso.

—¡Son idénticos! —exclama Ana quitándole uno de los bebés a Elías. Ester se acerca y toma el otro.

—¿Cómo harán para identificarlos?

Jeremías ríe feliz, también emocionado, mientras Hadasa se estira para ver a sus primos.

—Por ahora, tienen la pulsera que los identifica —aclara Elías—. Después veremos.

Ana mira la pulsera del que está en sus brazos y lee el nombre.
—Es Tomás.

Ester hace lo propio y exclama.

—¡Y éste es Esteban!

—¿Por qué eligieron esos nombres? —pregunta Jeremías, mientras acerca a su hija para que los pueda ver mejor.

—Son bebés, no muñecos —le aclara entre risas.

—Pasen a ver a Rut —Elías se adelanta abriendo y sosteniendo la puerta vaivén para dar paso a las mujeres con sus hijos.

Todos besan a la reciente mamá que, aunque bastante transpirada por el esfuerzo, luce una sonrisa radiante.

—Tus primos quieren saber por qué le pusimos esos nombres —comenta Elías, mientras se sienta en la cama, al lado de su esposa.

—Bueno, primero pensamos en ponerle el nombre de papá si era varón. Pero después nos dimos cuenta que no pegaba para nada con el apellido Lovrovic. ¿Se imaginan cuando lo llamaran señor Ramón Lovrovic? —Rut lo menciona con voz enronquecida y se escucha una sola carcajada de todos los presentes—. Tomás siempre me gustó —prosigue la joven madre—, si hubiera sido nena, le habríamos puesto Sara, como mamá. Pero como el Señor nos mandó varones, y ¡por partida doble!, a uno le pusimos el nombre que queríamos, pero como la Biblia dice que Tomás era gemelo sin aclarar cómo se llamaba su hermano, se nos ocurrió ponerle al otro Esteban, que fue un gran siervo de Dios –todos ríen ante la ocurrencia de la mamá, la cual concluye diciendo–: ¡Y quién les dice que no se llamara así el gemelo de Tomás!

Todos se contagian de la risa de los padres. Llega la enfermera y toma a uno de los gemelos poniéndolo en el regazo de su madre. Luego toma el otro y tambíén se lo da.

–Ahora basta de charla y comience a amamantarlos –le dice sonriente, pero con energía.

Rut mira a sus dos hijitos y no sabe qué hacer.

–¿Los tengo que amamantar a los dos a la vez? –le dice a la enfermera que se ríe por la pregunta.

–Se hace así… –le explica, poniendo los gemelos con sus caritas en los pechos y sus piernitas para atrás.

–¡Menos mal que son gemelos! –exclama la madre feliz–. No sé cómo haría si los gemelos fueran tres.

Los demás festejan la ocurrencia y mientras Rut sostiene a los gemelos para que se amamanten. Todos están muy contentos cuando se abre nuevamente la puerta de entrada y aparecen don Abraham con su esposa.

Al momento disminuyen las sonrisas y dan la bienvenida a la pareja de abuelos que acaban de llegar. Rebeca tiene el rostro bañado en lágrimas y besa a su nuera en la frente mientras murmura

–Perdóname Rut… Perdóname…

La joven madre no comprende ese pedido y mira a su suegro para que le aclare la situación.

Don Abraham también se acerca y apartando suavemente a su esposa, besa también a su nuera, mientras le explica:

—Rebeca acaba de recibir al Señor. Y ahora está totalmente arrepentida por el daño que le hizo a Jacob y, por ende, también a ti.

Elías se levanta y va a abrazar a su madre.

—¡Qué hermosa noticia, mamá!

—Perdóname tú también, hijo… Sé que no fui una buena madre contigo.

El reciente padre la aprieta más fuerte y le besa el cabello.

—Ahora todo será distinto…

Don Abraham se retira un poco hacia el pie de la cama y saca una foto. Al ver el flash todos se acomodan al lado de los recientes padres para posar de nuevo. Entra nuevamente la enfermera y al darse cuenta que el abuelo está sacando las fotos, le quita la máquina de sus manos y le dice.

—Vaya usted también, que es parte de la familia.

Esa foto, prueba de la felicidad de la pareja, sigue guardada en el cofre de los preciados tesoros de Elías.